Patricia Schröder, Jahrgang 1960, wuchs in Düsseldorf auf und studierte Textildesign. Nach einigen Jahren in diesem Beruf zog sie mit ihrer Familie in den Norden und begann zu schreiben. Heute lebt sie auf Eiderstedt und arbeitet erfolgreich als freie Autorin. Nähere Angaben zur Autorin findet ihr unter *www.patricia-schroeder.de*

Patricia Schröder

Unheimliche Nähe

Oetinger Taschenbuch

MIX
Papier aus verantwortungsvollen Quellen
FSC® C014496

Das für dieses Buch verwendete FSC®-zertifizierte Papier Danube liefert Salzer Papier, St. Pölten, Austria. Der FSC® ist eine nicht staatliche, gemeinnützige Organisation, die sich für eine ökologische und sozialverantwortliche Nutzung unserer Wälder einsetzt.

1. Auflage 2014
Oetinger Taschenbuch GmbH, Hamburg
April 2014

Umschlaggestaltung: Hauptmann & Kompanie Werbeagentur, München-Zürich, unter der Verwendung eines Fotos von Trevillion Images / Ayal Ardon
Druck: GGP Media GmbH, Pößneck
ISBN 978-3-8415-0262-9

www.oetinger-taschenbuch.de

Wie ein Reh, dachte er, als er sie aus dem Reisebüro kommen sah. So zart und so schutzbedürftig.

Einen Monat zuvor war sie ihm das erste Mal aufgefallen. Damals hatte sie mit ihrer Freundin auf der Terrasse vom Eiscafé Ricci *gesessen und einen Latte macchiato getrunken. Ihre Haut erinnerte ihn an Milch, in die ein Hauch Kakao gerührt war, und ihre Lippen an süße, dunkle Kirschen. Immer wenn sie lachte, bildete sich ein kleines Grübchen in ihrer linken Wange. Und sie lachte viel.*

Damals hatte er sich ganz in ihre Nähe gesetzt, einen Espresso bestellt und sie über den Rand der Tageszeitung hinweg beobachtet. Im Profil zeigte ihre Nasenspitze ein klein wenig nach oben, ihre Stimme war klar und hell, und die Schultern hielt sie die ganze Zeit über etwas hochgezogen, sodass sich in ihrem Nacken eine feine Querfalte bildete. Diese Falte hatte ihn besonders gerührt. Er hatte sich vorgestellt, wie er mit dem Finger darüberfuhr und die Spitzen ihrer dunklen Locken ihn auf der Haut kitzelten.

Alles an diesem Mädchen war so zerbrechlich, und der Gedanke, dass ihr eines Tages etwas zustoßen und ihr Lachen für immer verstummen könnte, war ihm unerträglich. Schon damals hatte er das drängende Gefühl gehabt, auf sie aufpassen zu müssen. Und jetzt, da der Zufall, an den er nicht so recht glauben wollte, sie ihm ein weiteres Mal über den Weg geführt hatte, war er ganz sicher, dass er allein dazu bestimmt war …

1 MONTAG

»Du bist viel zu ehrlich«, sagte Rike.

»Und?«, erwiderte Marla. »Was ist so verkehrt daran?«

»Verkehrt ist es nicht, aber langweilig«, erwiderte Rike. Sie schlang Marla den Arm um den Nacken und drückte ihr einen Kuss auf die Wange. »Diesem Ehepaar hätte ich jedenfalls eine Abenteuerreise aufgedrückt und nicht Mallorca. Da fliegen die doch garantiert jedes Jahr hin.«

Marla grinste. »Stimmt. Allerdings jedes Mal in ein anderes Hotel. Das sagt zumindest Herr Weinrich.«

»Oh, wie abwechslungsreich!«

»Herr Weinrich ist für Zuverlässigkeit. Damit hält er sich seine Stammkunden.«

»Ich finde, du hättest dir ein anderes Reisebüro für deine Ausbildung suchen sollen«, meinte Rike.

»Gab's nicht.«

»Gab's nicht gibt's nicht.«

»Ist aber so«, beharrte Marla. »Du hast doch selber mitgekriegt, wie viele Bewerbungen ich im letzten Herbst geschrieben habe.«

»Ja, lauter öde, graue Mappen mit Biedermannfoto, ich weiß.« Rike nahm ihren Arm wieder herunter. »Mit Nullachtfuffzehn-Bewerbungen bekommt man eben auch eine Nullachtfuffzehn-Stelle.«

»Klar, *du* hättest dich natürlich in ein Hawaii-Outfit geschmissen, dich schnurstracks in eine durchgestylte Touristikbörse begeben und den Erstbesten von einer Wellnessreise nach Sibirien überzeugt«, stieß Marla lachend hervor.

»Ich weiß nun wirklich nicht, was daran so verwerflich sein soll«, erwiderte Rike beleidigt.

»Verwerflich nicht, aber viel zu anstrengend«, sagte Marla und hauchte ihr einen Kuss auf die Schulter. »Jedenfalls für mich.«

Rike verdrehte die Augen. »Oh Gott, wie verschieden wir doch sind!«, stöhnte sie. »Hoffentlich verkrachen wir uns nicht gleich in der ersten Woche.«

»Ach Quatsch«, sagte Marla. »Jede von uns hat doch ihre eigene Bastion, hinter der sie sich zurückziehen kann, wenn …

»… ich dir auf den Geist gehe, oder wie?«

»Du gehst mir nicht auf den Geist«, erwiderte Marla und drückte ihre Freundin an sich. »Im Gegenteil, ich kann mir wirklich niemanden vorstellen, mit dem ich lieber zusammenwohnen würde.«

»Okay, okay, okay.« Rike machte sich von Marla los und hüpfte ein paar Schritte voraus. Dann drehte sie sich um und lief rückwärts weiter. »Ich finde, wir sollten eine richtig große Party steigen lassen.«

»Und ich finde, dass wir erst einmal die Zimmer fertig streichen sollten.«

Rike winkte ab. »Wenn wir ordentlich reinhauen, sind wir übermorgen damit durch. Am Donnerstag machen wir den Umzug, am Freitag kaufen wir ein, und am Samstag feiern wir.«

»Wenn wir ordentlich reinhauen!« Marla lachte auf. »Du hast leicht reden. Du musst schließlich nicht arbeiten. Wie ich dich kenne, machst du die Woche einfach blau.«

Rike schüttelte den Kopf. »Geht nicht. Wir schreiben am Mittwoch Französisch.«

»Ach so, du musst also lernen …«

»Ja, morgen Abend.« Rike tippte auf ihre Armbanduhr. »Jetzt ist es kurz vor sieben. Wenn wir alles abgeklebt haben, können wir heute noch den ersten Anstrich machen. Morgen Nachmittag …«

»… bin ich im Reisebüro.«

»Dann streichst du eben abends, während ich lerne«, sagte Rike. »Und Mittwoch machen wir die Türen, die Rahmen und den ganzen anderen Lackscheiß.«

»Super.« Marla schüttelte den Kopf. »Könntest du vielleicht bitte mal wieder wie ein normaler Mensch gehen?«

»Nö, warum? So kann ich dich doch viel besser angucken.«

»Außerdem fällst du besser auf«, sagte Marla.

»Das hab ich nicht nötig«, erwiderte Rike.

Nein, das hast du wirklich nicht, dachte Marla. Rike war ein Schillerquirl. Dieses Wort hatte sie eigens für ihre beste Freundin erfunden, und Marla fand, dass es den Nagel auf den Kopf traf. Rike war groß, laut, lustig, voller Tatendrang und dabei auch noch außerordentlich gut aussehend. Ihre schulterlange, dunkelblonde Mähne zwirbelte sie meistens mit einer riesigen Spange oder einer kitschigen Schleife auf dem Hinterkopf zusammen. Ihre hellblauen Augen strahlten wie Saphire, und ihre großen, weichen Lippen leuchteten stets in einer der aktuell angesagten Knallfarben. Munter mixte Rike Blumenröcke mit Sneakers, nummerierte Sporttops mit durchscheinenden Seidenblusen oder Leggins mit Bauchfreipullis und Spitzenhandschuhen. Marla selbst fühlte sich in Jeans, T-Shirts, Pullis und schlichten Kleidern am wohlsten. Natürlich fand sich auch in ihrer Garderobe das eine oder andere besondere Teil, aber das war eben ausschließlich für besondere Anlässe gedacht.

»Jetzt sag schon«, drängelte Rike. »Ist mein Plan gut?«

»Nein.«

»Spielverderberin.«

»Pass lieber auf.«

Rike hob irritiert die Augenbrauen. »Worauf?«

»Auf die Fußgänger hinter dir«, sagte Marla. Sie machte einen Satz auf ihre Freundin zu, packte sie am Arm und zog sie zur Seite. Und auch der Typ, der gerade eine Gruppe bummelnder Rentnerinnen umrundet hatte, versuchte noch auszuweichen, konnte es aber nicht verhindern, dass sie an den Schultern zusammenstießen.

»He, was soll das?«, rief Rike. »So eine dumme Anmache kannst du dir wirklich sparen.«

»Sorry«, sagte der Typ. Er war groß und schlank und nicht minder athletisch als sie. Seine hellblonden Haare waren fransig geschnitten und reichten ihm bis zum Kinn. »Aber ich fühle mich unschuldig. Außerdem käme ich gar nicht auf die Idee, eine Frau anzumachen, von der ich nicht weiß, ob mir ihre Vorderseite gefällt.«

Rike schnaufte, doch er lachte nur, und seine tiefblauen Augen leuchteten. Marla fand, dass er gut aussah. Sehr gut sogar, und offensichtlich waren auch ihrer Freundin die Qualitäten dieses attraktiven Fremden nicht entgangen.

»Okay, okay«, sagte sie und hob abwehrend die Hände. »Ich bin schuld. Aber es gibt so Tage, da muss ich einfach Kopfstand machen oder rückwärts gehen … Wenn du verstehst, was ich meine.« Sie setzte ein strahlendes Lächeln auf.

»Kann schon sein«, erwiderte der Typ. Er grinste und machte Anstalten weiterzugehen, doch Rike hakte ihren Finger in eine Gürtelschlaufe seiner verwaschenen Jeans und hielt ihn fest. »Stopp!«

Marla senkte den Kopf. Rike war ihr manchmal eine Spur zu schamlos. – Ja, schamlos!

»Was ist denn noch?«, fragte der Typ.

»Ich würde dich für diesen kleinen Unfall gerne entschädigen«, sagte Rike.

»Ach ja … Und wie?«

Rike ließ seine Gürtelschlaufe los und deutete auf Marla. »Meine Freundin und ich ziehen gerade zusammen. Am Samstag steigt eine große Einweihungsparty. Wenn du Lust hast …«

Der Typ sah Marla an und nickte. Sie versuchte, seinem Blick standzuhalten, und merkte, wie sie errötete. Verdammt, dass ihr das immer wieder passieren musste!

»Okay«, sagte er. »Wo?«

»Heroldstraße achtundsechzig«, beeilte sich Rike zu sagen. »Marla Hofner und Ulrike Spatz.«

»Ulrike Spatz?« Der Typ schmunzelte. Wieder sah er Marla an.

Rike holte tief Luft. »Ja, aber alle nennen mich Rike«, sagte sie schnell.

»Ach so, du bist das.«

»Was dagegen?«

»Natürlich nicht.« Wieder lächelte er und entblößte eine Reihe schnurgerader blitzweißer Zähne. »Einen Spatz hätte ich mir nur ein bisschen kleiner vorgestellt.«

»Tut mir leid«, rutschte es Marla heraus. Erschrocken biss sie sich auf die Unterlippe. Wie hatte sie nur so etwas Idiotisches sagen können! Schließlich hatte er Rike gemeint und nicht sie.

»Das braucht es nicht«, erwiderte er ruhig und streckte ihr seine Hand entgegen. »Ich bin übrigens Elias. Elias Kranicz.«

»Sehr schöner Name«, sagte Rike. »Gefällt mir genauso gut wie der ganze Typ.« Sie stupste ihre Freundin an. »Findest du nicht auch?«

»Jetzt lass doch mal«, erwiderte Marla. Sie fand die Situation inzwischen schrecklich peinlich.

»Schon gut.« Elias zwinkerte ihr zu. »Ich wusste doch gleich, dass eigentlich sie mich anmachen wollte.«

»Ja klar, rückwärts laufend.« Rike schüttelte den Kopf. »Trotzdem würde ich mich riesig freuen, wenn du am Samstag kämst.«

»Mal sehen«, sagte Elias. Er nickte ihnen noch einmal zu, dann wandte er sich grinsend ab und lief in die entgegengesetzte Richtung weiter.

»Ein Wahnsinnstyp«, sagte Rike. »Hast du die Zähne gesehen? Allein bei dem Gedanken daran, dass er mir mit diesen Beißerchen am Ohrläppchen knabbert, rast mir eine Gänsehaut über den Rücken. Und dann dieser Arsch. Knackig, knackig, superlecker.«

»Rike, du spinnst«, sagte Marla.

»Jetzt behaupte bloß noch, dass er dir nicht gefällt.«

»Tu ich ja gar nicht. Aber du kannst doch nicht einfach einen wildfremden Menschen auf unsere Party einladen!«

»Na klar! Du willst dich natürlich nur mit lauter bekannten Gesichtern amüsieren«, erwiderte Rike. »Dabei kennst du ja noch nicht einmal alle meine Leute. Wo ist also das Problem?«

Marla schüttelte unwillig den Kopf. »Woran liegt es, dass ich dich gerade nicht verstehe?«

»Vielleicht an deinen altmodischen Lebensvorstellungen?«, schlug Rike vor.

»Und vielleicht solltest du dir lieber jemand anderen suchen, mit dem du zusammenziehen kannst«, brummte Marla. Sie war sauer. Immer musste sie klein beigeben und tun, was Rike wollte. Sobald sie eine andere Meinung hatte als ihre ach so progressive Freundin, durfte sie sich anhören, wie verknöchert und abgestanden sie war. »Ich möchte mich einfach wohlfühlen, verstehst du«, versuchte sie zu erklären.

»Ja, das verstehe ich«, erwiderte Rike. »Das Problem ist nur, dass du denkst, dass du dich nur dann wohlfühlst, wenn alles so ist, wie du es gewohnt bist«, fuhr sie fort und betonte die einzelnen Wörter in unnatürlich eindringlicher Weise. »So wirst du nur leider niemals erfahren, ob du dich vielleicht auch wohlgefühlt hättest, wenn es mal ganz anders gelaufen wäre.«

»Das tut es doch von ganz alleine«, sagte Marla genervt. »Auch wenn du es nicht glaubst, aber sogar ich weiß, dass man sein Leben nur begrenzt planen kann. Das, was es von sich aus an Überraschungen bietet, reicht mir vollkommen.«

Rike stöhnte. »Okay«, meinte sie schließlich, »die Party veranstalten wir beide, oder nicht?«

»Du hast mich allerdings nicht gefragt, was ich davon halte«, erwiderte Marla ein wenig vorwurfsvoll.

»Jetzt hör aber auf!«

»Schon gut«, lenkte Marla ein. »War nicht so gemeint. Natürlich hab ich Lust auf eine richtig schöne Einweihungsfeier. Meinetwegen hätten wir uns damit aber ruhig noch eine Woche Zeit lassen können. Dann wäre die Renoviererei nicht so stressig ...«

»Ich gebe zu, du hast recht«, sagte Rike. »Und ich würde auch glatt noch mit mir reden lassen, wenn wir Elias nicht schon eingeladen hätten.«

»Du«, stellte Marla klar. »Du hast ihn eingeladen.«

Mittlerweile waren sie in der Heroldstraße angekommen, und Rike begann, in ihrem großen lilafarbenen Lederbeutel nach dem Schlüssel zu kramen. »Stell dir vor, ich hätte es nicht getan«, murmelte sie. »Diese Stadt ist riesig. Ich würde ihn womöglich nie wiedersehen.«

Marla grinste. »Du hast dich ja richtig verguckt.«

»Was dagegen?«, sagte Rike. Sie hob den Kopf und ließ entnervt die Hände sinken. »Ich finde ihn nicht.«

»Im Westen nichts Neues«, meinte Marla, fischte ihren Schlüssel mit einem Griff aus dem Seitenfach ihrer Umhängetasche und schloss die Tür auf. »Elias kann doch auch so kommen. Ohne Party. Das wäre gleich viel intimer.«

»Und was mache ich, wenn er checkt, dass gar keine Party läuft?«, entgegnete Rike. Sie schob sich an Marla vorbei und drückte die schwere Holztür auf.

Es war ein altes Haus, das um die Jahrhundertwende gebaut worden war. Da es eine Jugendstilfassade hatte, stand es unter Denkmalschutz und wurde regelmäßig renoviert. Die Tür klemmte allerdings fast immer. »Du willst doch wohl nicht behaupten, dass dir in einer solchen Situation nichts einfiele!«, erwiderte Marla belustigt. Sie folgte ihrer Freundin in den langen, schmalen Hausflur.

»Darum geht es in diesem Fall nicht«, meinte Rike.

»Sondern?«, fragte Marla.

»Um den Eindruck, den Elias dann von mir hätte.«

Marla lachte. »Den hat er doch schon. Schließlich gehörst du zu den Menschen, die immer einen Eindruck hinterlassen.«

»Ja, ja«, sagte Rike ungeduldig. »Ich möchte aber nicht, dass er denkt …«

»… dass du mit ihm ins Bett willst?«

»Jedenfalls nicht gleich. Könntest du jetzt bitte die Tür aufschließen!«, blaffte sie Marla an und drückte auf den Lichtschalter.

Sie hatten eine der beiden Erdgeschosswohnungen gemietet, deren Eingang in einer dunklen Nische lag.

»Also, ich würde einfach was Schönes für …«

»Ihn kochen?«

»Nee, für *uns*«, betonte Marla. »Wenn Elias dann tatsächlich käme, würde *ich* ihn zur Entschädigung ganz unverbindlich zum Essen einladen, ein drittes Gedeck auflegen …«

»Ach ja, und *du* spielst dann die Anstandsdame, oder wie?« Rike zwängte sich wieder an Marla vorbei in die Diele, in der es im Augenblick noch nichts weiter gab als einen fahrbaren Garderobenständer voller Kleiderbügel.

»Quatsch. Ich würde ganz schnell meinen Teller leer essen und das Feld räumen.« Marla zog ihre Schuhe aus und warf ihre dunkelblaue Häkeljacke über die Garderobe.

»Aufhängen«, sagte Rike.

»Das musst du gerade sagen«, erwiderte Marla.

»Also, ich bin für geordnete Verhältnisse«, meinte Rike und verlieh ihrer Stimme einen bedeutungsvollen Unterton. »Und deshalb möchte ich am nächsten Samstag Einweihungsparty feiern.« Sie neigte den Kopf zur Seite, sah Marla wimpernklimpernd an und klatschte ihre Handflächen gegeneinander. »Bitte, bitte, bitte ... Ja?«

Donnerstag

»Das ist doch Irrsinn!«, sagte Cornelia Hofner. »Wie wollt ihr das denn schaffen?«

Sie hatte ihre Tochter in der Mittagspause vom Reisebüro abgeholt und zum Thailänder entführt. Natürlich hatte sich Marla, die tagsüber kaum etwas zu sich nahm, dafür aber abends für drei reinhauen konnte, mit Händen und Füßen gewehrt. »Nicht nötig, Ma. Ich habe keinen Hunger. Ich esse gleich meinen Joghurt und fertig.«

»Den kannst du dir für heute Nachmittag aufheben«, hatte ihre Mutter geantwortet und Marla auf die Straße hinausgezogen. »Sieh nur, wie schön das Wetter ist. Beim Thai können wir draußen sitzen. Du musst doch auch mal ein bisschen frische Luft schnappen.«

»Frische Luft?« Marla hatte gelacht. »In einer Großstadt?«

Doch wie immer hatte Cornelia Hofner keine Widerrede geduldet. Und da Marla wusste, dass ihre Mutter ganz sicher nicht nur deshalb aufgekreuzt war, weil sie sich um das Wohlergehen ihrer Tochter sorgte, sondern auch, um über Marlas Vater und ihr neues Leben als Endvierziger-Single zu reden, hatte sie schließlich nachgegeben.

Inzwischen hatten sie einen netten Platz an einem kleinen Tisch im Schatten einer Linde gefunden und bereits ein Mineralwasser bestellt.

»Du siehst gut aus, Ma«, sagte Marla lächelnd. »Richtig gut.«

»Jetzt lenk nicht ab«, erwiderte ihre Mutter.

»Sehe ich etwa schlecht aus?«

»Nein«, sagte Cornelia Hofner. »Zumindest noch nicht.«

»Mach dir keine Gedanken, Rike hat so viel Power, die ackert für mich mit«, sagte Marla.

»Das mag ja sein.« Cornelia Hofner griff über den Tisch nach Marlas Hand und inspizierte ihre Fingernägel. »Da sind Farbreste drunter. Unter den Nägeln und entlang der Nagelhaut.«

»So ist das nun mal, wenn man streicht.« Marla entzog ihrer Mutter die Hand und nippte an ihrem Mineralwasser, während sie einen kurzen, gleichgültigen Blick auf ihre Nägel warf. »Was glaubst du, wie meine Finger aussehen würden, wenn ich das jeden Abend gewaltsam runterschrubbe?«

✓ Cornelia Hofner schüttelte den Kopf. »Schon mal was von Handcreme gehört?«

»Ma! Willst du dich wirklich über solchen Kinderkram unterhalten?« Marla setzte ihr Glas ab und schüttelte den

Kopf. »In einer knappen Stunde muss ich zurück im Laden sein.«

»Eben«, sagte ihre Mutter. »Mit solchen Nägeln kannst du unmöglich deine Kunden bedienen.«

»Es fällt doch kaum auf.«

Cornelia Hofner seufzte. »Früher hättest du nie ...«

»Was willst du damit sagen?«, fiel Marla ihr ins Wort. »Bereust du es etwa schon, dass du mir dein Einverständnis gegeben hast, mit Rike zusammenzuziehen?«

»Nein. Trotzdem könntest du ein bisschen mehr auf dich achten. Ausbildungsstellen gibt es schließlich nicht wie Sand am Meer.«

»Ma, ich bin im zweiten Jahr. Meine Noten sind gut, und Herr Weinrich ist sehr zufrieden mit mir. In drei Monaten habe ich meine Zwischenprüfung ...«

»Eben«, sagte Cornelia Hofner noch einmal.

»Bis dahin sind meine Nägel wieder top.« Marla legte ihrer Mutter die Hand auf den Unterarm und lächelte sie an. »Ich komm schon klar.«

Cornelia Hofner senkte den Kopf und nickte. »Hat Bernhard ...? Hat dein Vater sich mal bei dir gemeldet?«

»Nein«, sagte Marla. Seit einer Woche schlief sie auf einer Matratze in der neuen Wohnung, und seitdem hatte sie auch nichts mehr von ihrem Vater gehört.

»Du darfst nicht denken, dass es ihn jetzt nicht mehr interessiert, wie es dir geht«, sagte Cornelia Hofner.

»Ma, das denke ich gar nicht«, brach es aus Marla hervor. Natürlich hatte sie gewusst, dass ihre Mutter dieses Thema anschneiden würde, und eigentlich hatte sie sich vorgenommen, ganz cool damit umzugehen. Darüber, dass sie jetzt so aufbrausend reagierte, war sie selbst ein wenig überrascht. »Spätestens morgen, wenn ich meine ganzen Sachen hole, wird er mich wieder beknien, nach Hause zurückzukommen. Er kapiert einfach nicht, dass es nicht mehr mein Zuhause ist.«

»Was erwartest du?«, erwiderte ihre Mutter. »Er hat wahrscheinlich noch nicht einmal kapiert, dass ich mich von ihm getrennt habe. Bestimmt glaubt er immer noch, dass ich in ein paar Wochen reumütig zu ihm zurückkehre.«

»Er traut es uns beiden nicht zu, dass wir alleine zurechtkommen.«

»Na ja ...« Cornelia Hofner lächelte. »Ich bin immerhin volljährig. Du allerdings ...«

»Ja, ich weiß, es dauert noch fast acht Monate, bis ich achtzehn werde.« Marla sah ihre Mutter eindringlich an. »Ich kann es langsam nicht mehr hören, Ma.«

»Ich sage es auch nicht, weil ich dich ärgern will, sondern um dich zu warnen.«

»Wovor?«

»Vor Bernhard.«

Marla sprang auf. »Das ist jetzt nicht dein Ernst, Ma!«, rief sie. »Wenn ihr einen Rosenkrieg austragen wollt, dann macht das bitte unter euch aus. Ich will damit nichts zu tun haben! Ich hab euch alle beide lieb.« Sie stockte. Plötzlich kam sie sich vor wie ein kleines Mädchen. Es war ewig lange her, dass sie ihrer Mutter gesagt hatte, dass sie sie liebte.

Cornelia Hofner fasste ihre Tochter am Handgelenk. »Komm, setz dich wieder hin«, sagte sie leise. »Ich habe überhaupt nicht die Absicht, Bernhard schlechtzumachen«, fuhr sie fort. »Ich möchte einfach nicht mehr mit ihm leben, und er hat Probleme, das zu akzeptieren. Dass du ihn jetzt auch noch verlässt, macht die Sache nicht leichter.«

»Ich verlasse ihn nicht«, sagte Marla. »Ich wollte mich nur nicht zwischen euch entscheiden müssen.«

»Du hättest dich doch ohnehin für mich entschieden«, sagte ihr Cornelia Hofner auf den Kopf zu. »Und zwar nicht, weil du mich lieber hast, sondern weil ich dir mehr Freiheiten gelassen hätte.«

»Ma!«, rief Marla. Sie war empört, obwohl ihre Mutter natürlich recht hatte.

»Der Einzige, dem das nicht wirklich klar ist, ist Bernhard«, fuhr Cornelia Hofner unbeeindruckt fort. »Er hätte deine Entscheidung, bei mir zu wohnen, als Kränkung empfunden.« Sie beschrieb mit ihrem fast leer getrunkenen Seltersglas wilde Kreise. »Nur deshalb, mein liebes Kind, habe ich überhaupt zugestimmt, dass du mit Rike zusammenziehen kannst.«

»Weil du nicht wolltest, dass Pa gekränkt ist?«

»Nein, um zu verhindern, dass du womöglich Schuldgefühle kriegst.«

»Oh, Ma, vielen Dank!« Marla fixierte die Tischplatte und nickte vor sich hin. »So ist das also! In Wahrheit traust du mir genauso wenig zu, dass ich alleine zurechtkomme. Hätte ich mir eigentlich auch denken können.«

Cornelia Hofner leerte ihr Glas und stellte es energisch auf den Bierdeckel zurück. »Natürlich traue ich dir das zu. Außerdem bin ich nicht aus der Welt. Ich bin jederzeit für dich da. Du musst nur damit rechnen, dass du Besuch von der Behörde bekommst.«

Marla war das bisschen Appetit, das sie ihrer Mutter zuliebe entwickelt hatte, mittlerweile gründlich vergangen. Insofern war sie gar nicht böse, dass das süß-scharfe Gemüsecurry, das sie bestellt hatten, auf sich warten ließ. »Ma, was soll das?«, brauste sie auf. »Kannst du nicht endlich mal Klartext reden?«

»Wie du willst«, meinte ihre Mutter, während sie ungeduldig nach dem schmächtigen thailändischen Kellner Ausschau hielt. »Ich gehe davon aus, dass Bernhard das Sorgerecht beantragt hat.«

Marla schnappte nach Luft. »Das ist nicht dein Ernst!«

Wieder griff Cornelia Hofner nach ihrer Hand und drückte sie sanft. »Mach dir mal keine Sorgen. So eine Scheidung ist nicht innerhalb von wenigen Wochen über die Bühne. Außerdem habe ich ja auch noch ein Wörtchen mitzureden. Trotzdem musst du damit rechnen, dass sich das Jugendamt bei dir meldet und man dich auf deine innere Reife hin überprüft.« Noch einmal drückte sie Marlas Hand, bevor sie sie endgültig freigab. »Und deshalb wäre es gut, wenn Rike und du …«

»Schon kapiert, Ma«, fiel Marla ihr ins Wort. »Ich werde Rike zur Ordnung ermahnen, die Küche notfalls alleine in Schuss halten …« Sie schenkte ihrer Mutter ein genervtes Grinsen. »… und mir gleich heute eine Handcreme kaufen, damit ich mir die Fingernägel ordentlich schrubben kann.«

Freitag

»Das Einfachste wäre es gewesen, wenn du ihn eingeladen hättest«, sagte Rike. Sie hockte auf einer kleinen Trittleiter und war vom Scheitel bis zu den Zehen mit heller Farbe bekleckst. »Dann hätte er dir jetzt beim Transport deiner Sachen geholfen …«

»Blödsinn«, sagte Marla. Mit dem Fuß schlug sie die Wohnungstür hinter sich zu und stellte die Zimmerlinde vorsichtig neben dem Garderobenständer ab. »Tom und Gereon haben das erledigt. Und meinen Vater hätte es eh nicht versöhnlich gestimmt.«

»Glaubst *du*!« Rike schob die Trittleiter einen Meter weiter, stieg auf die zweite Stufe und löste das Kreppband vom Küchentürrahmen.

»Nee, weiß ich«, erwiderte Marla und streifte sich die Hände an ihrer Jeans ab. Sie hatte keine Lust, darüber zu philosophieren, ob und wie sie ihren Vater bei Laune halten könnte. Sie wollte einfach bloß den Umzug hinter sich bringen und dann nur noch schlafen, schlafen, schlafen.

»Ich meine nicht heute zum Wohnungangucken, sondern morgen auf die Party.«

»Du spinnst doch!« Marla tippte sich an die Stirn. »Oder hast du etwa deine Eltern eingeladen?«

»Nee, aber ich bin ja eh volljährig und habe nichts von ihnen zu befürchten«, sagte Rike. Sie sprang von der Trittleiter und riss dabei den letzten Meter Malerkrepp ab. »Mist!«

»Was ist denn?«, fragte Marla.

»Siehst du doch, die Farbe ist abgegangen.« Rike blähte die Nasenlöcher. »Jetzt kann ich den Farbeimer noch mal wieder hochschleppen.«

»Wo ist er denn?«

»Im Keller natürlich.«

Marla grinste. »Wie vorausschauend.«

»Ich weiß, ich weiß.« Leise stöhnend legte Rike ihren Kopf in den Nacken und ließ langsam die Schultern kreisen. »Das hab ich nun von meiner Ungeduld, wolltest du doch sicher sagen.«

Wieder grinste Marla.

»Und wo sind Tom und Gereon jetzt?«, fragte Rike.

»Sie laden gerade den Wagen aus. Und weil ich sie das nicht alleine machen lassen will, muss ich auch wieder raus«, erwiderte Marla

»Vielleicht könntest du den Farbeimer dann gleich noch mal mit hochbringen? Ich meine, wenn du sowieso ...«

»Wir wohnen im Parterre«, unterbrach Marla ihre Freundin. »Du erinnerst dich?«

Rike krauste die Stirn. »Bist du sicher? Ich glaube, du solltest doch noch mal in den Keller runtergehen, um ...«

»Duhuuu!« Marla ergriff den Stiel eines langen Pinsels, der mit anderen Malerutensilien in einem Eimer neben der Wohnungstür steckte.

»Niiicht!«, brüllte Rike entsetzt. »Die sind alle noch nicht ausgespült!«

»Super«, sagte Marla. »Das hätte ich mir ja denken können.«

»Wieso, ist doch gut so. Einen Pinsel brauche ich jetzt eh noch mal.«

Marla sah ihre Freundin kopfschüttelnd an. »Wann willst *du* eigentlich deine Möbel holen? Heute Nacht?«

»Nee, das mach ich morgen Vormittag.«

»Und wann kaufen wir die Sachen für die Party ein?«, fragte Marla. »Das wollten wir eigentlich schon heute machen.«

»Am späten Vormittag«, erwiderte Rike und grinste.

Marla stieß einen Schwall Luft aus, dann lachte sie auf. »Okay«, sagte sie. »Ich geh dann mal ...«

Rike lächelte zufrieden. »Bis gleich. Und denk an den Farbeimer.«

Marla seufzte. Das war mal wieder typisch. Irgendwie schaffte Rike es immer, sie milde zu stimmen und sie dazu zu kriegen, ihr jeden Gefallen zu tun. »Du bist eine verdammte Hexe«, murmelte Marla, während sie in den Keller flitzte, um den Farbeimer zu holen.

Als sie kurz darauf auf die Straße hinaustrat, hatten Tom und Gereon den Pick-up bereits komplett entladen.

»Oh, Mann!«, stieß Marla hervor. »So war das wirklich nicht gedacht. Aber Rike hat mich noch mal in den Keller geschickt. Tut mir leid.«

Tom strich sich seine lange, dunkle Ponysträhne aus dem Gesicht. »Für Rike wäre ich auch in den Keller gegangen«, sagte er und zwinkerte Gereon zu. »Außerdem finde ich, dass ihr beiden Hübschen euch etwas einfallen lassen solltet.«

»Wie meinst du das?«, fragte Marla entrüstet.

»Nicht so, wie du denkst«, erwiderte Gereon. »Ich, zum Beispiel, würde mich mit einer Käsestulle und einem Bier absolut zufriedengeben.« Er deutete auf seinen Freund.

»Ob Tom das genauso sieht, kann ich nicht sagen. Ich weiß nur, dass er schon seit Ewigkeiten in dich verknallt ist und alles für dich tun würde. Wenn du also vorhast, das auszunutzen …«

»Das ist nicht wahr«, sagte Marla. Sie blickte Tom geradewegs ins Gesicht. »Bitte, sag, dass das nicht wahr ist.«

»Natürlich nicht.« Kopfschüttelnd hievte Tom eine der Umzugskisten auf die Sitzfläche von Marlas Flechtsessel. »Ich weiß gar nicht, wie er auf eine dermaßen bescheuerte Idee kommt. In Wahrheit schwärmt nämlich Gereon für dich. Er traut sich nur nicht, es dir zu sagen.«

Marla stöhnte. Klar war da mal was gewesen zwischen Gereon und ihr, aber erstens hatte es nie so richtig gefunkt, und zweitens war es längst vorbei. »Jetzt hört auf, mich zu verarschen.«

Gereon und Tom tauschten empörte Blicke.

»Wir verarschen dich doch nicht«, sagte Tom. »Es würde uns niemals einfallen, dich an einem solch wichtigen Tag in deinem Leben …«

»Okay, okay, okay.« Marla hob abwehrend ihre Hände. Sie konnte solche Spielchen nicht ausstehen. »Lasst uns aufhören damit, ja?« Sie deutete auf die Möbel und Umzugskisten. »Sonst mach ich den Rest hier gleich alleine.«

Gereon runzelte die Stirn. »Wirklich?«

»Ja, wirklich!« Um ihren Worten Nachdruck zu verleihen, schnappte Marla sich den Flechtsessel mit der Kiste darauf und schleppte ihn auf die Tür zu.

Mit einem Satz war Tom bei ihr. »Hey, jetzt lass das mal«, sagte er und legte ihr eine Hand auf die Schulter. »Gereon und ich sind eben auch ein bisschen groggy heute. Verbuch es einfach als mentalen Erschöpfungszustand. Okay?«

»Schon gut«, sagte Marla. »Dann lasst uns das verdammte Zeug jetzt so schnell wie möglich reintragen, damit ihr hier morgen Abend topfit auf der Matte steht.«

»Bist du eigentlich nie in einen von ihnen verliebt gewesen?«, fragte Rike, als sie drei Stunden später neben Marla auf deren Matratze lag.

»Nein.«

»Nein?«

»Doch.«

Rike drückte Marla ihren Ellenbogen in die Seite. »Lass mich raten ... in Tom!«

»Nein.«

»In Gereon! Also Marla! Warum hast du mir das nie erzählt?«

»Weil es nichts Ernstes war«, sagte Marla. »Ich bin einfach nur ein bisschen in ihn verschossen gewesen.«

»Hast es ihm aber nicht gesagt?«

»Natürlich nicht.«

Rike stöhnte. »Wie konnte ich nur fragen!« Sie setzte sich auf und tastete nach der Schale mit den Erdnüssen.

»Kannst du nicht einfach mal ruhig liegen bleiben?«

»Nein. Ich habe Hunger.«

»Und ich will jetzt endlich schlafen«, sagte Marla. »Wenn wir morgen nicht spätestens um acht aus den Federn sind, können wir die Party knicken.«

Rike stöhnte abermals. »Hast du mal auf die Uhr geguckt? Weißt du, wie spät es ist?«, fragte sie kauend.

»Nein.«

»Okay, dann sag ich es dir jetzt ... Achtung: Es ist dreiundzwanzig Minuten nach elf. Selbst wenn wir noch zwei Stunden quatschen ...«

Marla drehte sich mit dem Rücken zu ihrer Freundin. »Also gut«, sagte sie. »Ich bin in Gereon verliebt gewesen. Und zwar richtig. Mit Herzklopfen und Zitterknien und allem, was dazugehört. Aber da war ich zwölf, Rike, da kannten wir uns noch gar nicht.«

»Du hättest es mir trotzdem erzählen können. Immerhin triffst du die beiden mindestens einmal in der Woche, und es hat Zeiten gegeben, da hast du täglich mit ihnen telefoniert.«

»Mit Tom«, korrigierte Marla.

»Okay, dann eben mit Tom.« Rike fischte sich weitere Erdnüsse aus der Schale und ließ sie in ihren Mund fallen. »Er könnte es ernst gemeint haben ... Also, Tom natürlich.« Plötzlich saß sie kerzengerade auf der Matratze. »Ich wette, Gereon war vor fünf Jahren ebenfalls in dich verliebt. Und ihr wart beide zu blöd ...«

»Vielen Dank«, fiel Marla ihr ins Wort. »Auf weitere Ausführungen verzichte ich gerne.«

»Aber ihr passt gut zusammen«, sagte Rike. »Gereon ist ein netter Typ.« Sie beugte sich über die Freundin und rüttelte sie an der Schulter. »Es wäre doch blöd, wenn ich mit Elias zusammen bin ...«

»Du bist nicht mit Elias zusammen.«

»Noch nicht.«

»Okay.« Marla versuchte, Rikes Hand abzuschütteln. »Dann können wir meinetwegen darüber reden, wenn es so weit ist.«

»Ach, du bist ja total unromantisch«, sagte Rike. Sie ließ sich wieder auf den Rücken fallen und sah zum Fenster hinüber. »Ich kann mir schon genau vorstellen, wie Elias und ich hier liegen. Der Mond scheint herein. Er küsst mich leidenschaftlich …«

»Ich würde dir nicht raten, hier zu liegen«, sagte Marla. »Ich habe nämlich keine Lust, euch dabei zuzusehen.«

»Mann.« Rike schoss hoch. »Du kannst einem aber auch wirklich jeden Spaß verderben.« Sie stand von der Matratze auf und schaltete die Bodenlampe aus orange getöntem Reispapier ein.

»Gehst du jetzt rüber?«, fragte Marla.

Rike zuckte die Schultern.

Die Mädchen sahen sich an.

»Bereust du es schon?«, flüsterte Marla.

Rike schwieg. Ihre Augen glänzten seltsam fiebrig. »Nein«, sagte sie schließlich. »Ich wusste ja, auf was ich mich einlasse.«

»Ich auch«, sagte Marla leise. Sie versuchte ein Lächeln. »Wenn du und Elias wirklich ein Paar werdet, dann werde ich mich zurückhalten. Okay?«

»Du sollst dich nicht zurückhalten«, erwiderte Rike heftig. Sie lief neben Marlas Matratze auf und ab und schwenkte ihre Arme. »Du sollst dich endlich mal richtig verlieben. So sehr, dass du nicht mehr nachdenkst, nicht mehr schläfst und dir das schmutzige Geschirr, das sich in der Spüle stapelt, vollkommen egal ist.«

Marla setzte sich auf. Sie zog die Beine an und stützte ihr Kinn auf. »Mir hat Elias auch gefallen«, sagte sie.

Rike blieb ruckartig stehen. »Was?«

Marla sah ihr in die Augen. »Ja, stell dir vor.«

»Aber warum hast du das denn nicht gleich gesagt?« Kopfschüttelnd ließ Rike sich neben ihr nieder. »Da hörst du dir tagelang meine Schwärmereien an und stehst selber Kopf.«

»Ich stehe nicht Kopf«, stellte Marla klar. »Im Gegenteil: Ich sehe die Sache ganz nüchtern. Entweder kommt Elias morgen Abend, oder er kommt nicht.«

Rike nickte. »Das wäre Punkt eins. Punkt zwei ...«

»... ist, ob er sich überhaupt für eine von uns interessiert.«

»Wenn er wirklich kommt, dann tut er das«, sagte Rike.

»Gut«, sagte Marla. »Dann soll er entscheiden.«

»Okay.« Rike nickte zögernd. »Ich werde wirklich versuchen ...«

»Du wirst gar nichts versuchen«, fiel Marla ihr ins Wort. »Du wirst einfach so wie immer sein. Und ich auch.«

Rike holte tief Luft. »Das fängt ja gut an mit uns.« Sie fixierte die makellos weiß getünchte, noch vollkommen schmucklose Wand neben dem Fenster. »Wie viele Leute hast du überhaupt eingeladen?«

»Außer Tom und Gereon noch drei.«

»So wenige?«

»Nur meine besten Freunde«, sagte Marla.

»Bei mir sind es mindestens dreimal so viele«, erwiderte Rike. »Es sind natürlich auch ein paar dabei, mit denen ich nur in der Schule zu tun habe. Außerdem habe ich jedem gesagt, dass er seinen Freund oder seine Freundin und auch gerne noch jemanden von der Straße mitbringen soll.«

Marla schüttelte ungläubig den Kopf. »Spinnst du?«

»Jetzt reg dich nicht auf«, versuchte Rike sie zu beschwichtigen. »Mit deinen paar Leutchen werden es höchstens um die fünfzig.«

»Darum gehst es doch gar nicht«, erwiderte Marla. »Du kannst doch nicht einfach irgendwelche Leute von der Straße in die Wohnung holen. Hast du eine Vorstellung davon, was für Freaks hier möglicherweise auftauchen?«

Rike schmunzelte. »Freaks, genau. Und Spießer, Rocker, Softies, Spinner oder auch einfach rasend interessante und total nette Leute.«

Marla seufzte. »Ich finde, du solltest so etwas vorher mit mir besprechen«, sagte sie harsch.

»Ja, stimmt«, erwiderte Rike ohne Umschweife. »Aber ich hatte Schiss, dass du mir die Idee madig machst.«

»Zu Recht«, erwiderte Marla.

»Siehst du!« Lächelnd legte Rike ihren Arm um Marlas Nacken und drückte sie an sich. »Wir kennen uns wirklich gut. Das ist die ideale Voraussetzung, um bestens miteinander klarzukommen.«

»Ts!« Marla drehte ihren Kopf zur Seite. »Du hoffst ja nur, dass unter deinen unbekannten Gästen ein Typ ist, der mir besser gefällt als Elias.«

»Exaktemente!«, sagte Rike. »Allerdings erst jetzt, nachdem ich weiß, dass du dich ebenfalls in ihn verguckt hast.«

»Ich habe mich nicht verguckt«, widersprach Marla sofort. »Er gefällt mir ...«

»Was eindeutig eine Vorstufe ist«, fiel Rike ihr ins Wort. Sie lag einen Moment still da, dann schlang sie plötzlich beide Arme um Marla und küsste sie auf den Mund. »Bitte, du darfst nicht denken, dass ich dich überfahren will. Ich finde einfach alles nur so spannend. Wenn man an einen neuen Ort zieht, will man doch auch neue Leute kennenlernen, weil dann ja …«

»… ein neues Leben anfängt?«

»Ja, genau«, murmelte Rike. »Und Marla … selbst wenn sich herausstellen sollte, dass Elias der Mann meiner Träume ist, werde ich ihn dir mit jeder einzelnen Faser meines Herzens gönnen.«

»Ich weiß«, flüsterte Marla rau. »Bei mir wäre es genauso … Na ja, zumindest würde ich es versuchen.«

Samstag vormittag

Als Marla die Augen aufschlug, drang geschäftiges Geschirrklappern aus der Küche zu ihr herüber. Außerdem stieg Kaffeeduft in ihre Nase. Marla rekelte sich genüsslich.

»Hmmm, riecht das gut … Rike?«

»Jaha?«, kam es fröhlich aus der Küche zurück.

»Seit wann bist du auf?«

»Seit drei Stunden.«

Oh Gott! Mit einem Satz war Marla von der Matratze hoch. »Wie spät ist es denn?«

»Zwanzig vor zeheeen!«

»Was? Du bist schon vor acht Uhr aufgestanden?«, rief Marla. Sie schlüpfte in ihre Jogginghose, zog hastig ein paar Socken über und lief in die Küche.

»Natürlich.« Rike begrüßte ihre Freundin mit einem Kuss auf die Wange. »Schließlich gab es noch jede Menge zu tun. Paps und Onkel Schmiedo haben meine paar Möbel gebracht. Onkelchen hat sogar noch das Regal im Wohnzimmer aufgebaut, und ich …«

»Ja, aber …« Marla sah sich in der Küche um. »Du hast ja schon alles geputzt und das ganze Geschirr eingeräumt und …«

»Jawohl«, sagte Rike. »Ich möchte nämlich auf keinen Fall, dass du denkst, mit einem nutzlosen Etwas zusammengezogen zu sein.«

»Nutzlos, so ein Quatsch«, erwiderte Marla. »Was gibt es denn überhaupt noch zu tun?«

»Vielleicht könntest du das Bad in Ordnung bringen?« Rike deutete auf eine aufgerissene Tüte voller Schokocroissants. »Nach dem Frühstück natürlich«, meinte sie. »Danach könnten wir dann einkaufen fahren, und wenn anschließend jede noch ihr Zimmer herrichtet, bleibt immer noch genügend Zeit, um gemeinsam das Essen vorzubereiten.«

»Was für ein Essen überhaupt?«, fragte Marla, nachdem sie sich einen Kaffee eingegossen, Milch dazugeschenkt und ein Croissant hineingetunkt hatte.

»Also, ich habe gedacht, dass wir einfach zwei große Salate machen und den Rest dazukaufen: Käse, Baguettes, Kräuterbutter …«

»… Fertigfrikadellen?«

»Natürlich nur, wenn du damit einverstanden bist«, betonte Rike.

»Es wäre mir schon lieber gewesen, wenn wir alles selber gemacht hätten«, sagte Marla. Sie biss in ihr Croissant und trank einen Schluck Kaffee. »Aber das schaffen wir eh nicht mehr.«

»Hauptsache ist doch, dass die Leute sich amüsieren«, meinte Rike, während sie die Spüle polierte. »Und das geht auch mit Fertigfrikadellen.«

Marla nickte. »Wahrscheinlich hast du recht.« Sie stopfte sich den Rest des Schokocroissants in den Mund und griff nach ihrer Kaffeetasse. »Okay, ich stürz mich dann mal aufs Badezimmer.« Während sie die Küche verließ, klingelte das Telefon, das im Flur zwischen ihrem und Rikes Zimmer auf einer schmalen Konsole stand. Marla nahm den Hörer ab und meldete sich.

»Hallo«, sagte eine Männerstimme auf der anderen Seite. »Bin ich richtig bei …?«

»Rike und Marla? Ja. Du rufst bestimmt wegen der Party heute Abend an.«

»Ja …?«

»Und wie ich Rike kenne, hat sie vergessen, dir die Adresse zu geben«, sagte Marla.

»Oh nein! Das hat sie«, erwiderte der Typ. »Ich wollte nur fragen, ob ich noch etwas mitbringen soll.«

»Deine Freundin …?«

Der Typ am anderen Ende der Leitung lachte. Seine Stimme klang nicht unsympathisch. »Ich bin im Moment solo«, sagte er.

»Oh, das macht nichts«, sagte Marla. »Rike und ich haben ja auch gerade kei…« Sie biss sich auf die Unterlippe. Wieso war sie nur so redselig? Es ging doch überhaupt niemanden etwas an, ob sie einen Freund hatte oder nicht. »Also, bis heute Abend dann«, schwenkte sie hastig um.

»Ja, bis dann. Ich freu mich.«

»Ciao«, sagte Marla und legte auf.

»Wer war's denn?«, fragte Rike aus der Küche.

»Och, bloß einer von deinen Gästen«, sagte Marla.

Rike steckte ihren Kopf in den Flur. »Aha, und wer?«

»Keine Ahnung. Er hat seinen Namen nicht gesagt.« Marla zog die Mundwinkel nach unten. »Oder ich hab ihn nicht verstanden.«

»Ein Typ also?«

»Ja, hat sich nett angehört.«

»Hm, und was wollte er?«, fragte Rike.

»Nichts Besonderes«, sagte Marla. »Nur wissen, ob er etwas mitbringen …« Sie stockte. »Ach je, ich hab ihm ja gar nichts gesagt.«

»Kein Problem«, erwiderte Rike. »Eigentlich wissen alle Bescheid.«

Samstag abend

Um kurz vor neun kamen die ersten Gäste. Es waren zwei Freundinnen von Rike. Sinja hatte ihren Freund Alex dabei, Lene hatte tatsächlich jemanden auf der Straße angesprochen. Es war ein junger Typ mit kurzen schwarzen Haaren, der Lene mit seinen Blicken geradezu verschlang. Sie hatten Bier und eine Flasche gekühlten Sekt dabei. Marla und

Rike ließen gemeinsam den Korken knallen und stießen mit ihnen an.

Dann ging es plötzlich Schlag auf Schlag. Innerhalb einer Viertelstunde war die Wohnung voller Leute. Marla kannte die meisten nicht. Sie zog sich mit Karen, Nora, Tom, Gereon und Chloe in ihr Zimmer zurück.

»Die Wohnung ist klasse«, sagte Nora und blickte sich anerkennend um. »Richtig cool.«

Marla nickte und lächelte. Mittlerweile hatte sie sich an die neue Umgebung gewöhnt und konnte sich gut vorstellen, hier zu Hause zu sein. »Es fehlen natürlich noch die Bilder und der ganze Deko-Schnickschnack.«

Gereon lehnte sich an die Wand neben dem Fenster und winkte ab. »Ich würde das nicht überstürzen. Lieber am Anfang ein bisschen weniger als gleich zu viel. Man muss doch erst mal gucken, was man mag.«

»Als ob sie das nicht wüsste!«, erwiderte Chloe. »Bilder kann man wieder abhängen, Vasen zertrümmern …«

»Ich hab ohnehin kaum etwas mitgenommen«, fiel Marla ihr ins Wort.

Nora schüttelte den Kopf. »Echt nicht?«

»Nö.«

»Aber das sind alles deine Erinnerungen«, wandte Karen ein, die sich auf der Matratze ausgestreckt hatte. »Die kann man doch nicht einfach so hinter sich lassen.«

»Hab ich ja auch gar nicht«, sagte Marla. »Ich hab sie hier …«, sie tippte sich an den Kopf, »… und hier.« Ihre Hand senkte sich und legte sich auf ihre Brust. »Die letzten Wochen vor der Trennung waren eh scheiße. Daran will ich mich gar nicht mehr erinnern.«

»So etwas nennt man Verdrängung«, sagte Tom und leerte seine Bierflasche.

Marla stupste ihn grinsend in den Bauch. »Das, was du da gerade machst, auch.«

Tom schnappte nach ihrem Handgelenk. Er zog Marla ein wenig in seine Richtung, ließ sie dann aber wieder los.

»Gibt's hier eigentlich keine Lala?«, fragte Gereon und sah zur Tür.

»Ich hab meine Anlage noch nicht installiert«, sagte Marla schulterzuckend. »Für so etwas brauche ich Zeit, aber Rike hat …«

»Warum sagst du das nicht gleich?«, unterbrach Gereon sie. Er drückte sich von der Wand weg und steuerte auf die Kartons zu, die neben dem Kleiderschrank gestapelt waren. »Ist sie hier drin?«

Marla nickte. »Im obersten Karton. Aber du willst doch nicht …?«

»Klar will er.« Nora grinste. »Du kennst doch Gereon.« Sie griff nach der Sektflasche und hielt sie gegen das Licht. »Möchte jemand noch was?«

Karen zuckte die Schultern. »Ist ja eh kaum noch was drin.«

Nora blickte in die Runde. Als niemand reagierte, schenkte sie den restlichen Sekt in ihr Glas.

»Typisch«, sagte Chloe.

»Warum hast du dich denn nicht gemeldet?«, erwiderte Nora kopfschüttelnd. »Hab ich dich etwa nicht intensiv genug angeguckt?«

»Bitte keinen Streit«, sagte Gereon, der inzwischen Marlas CD-Player, den Verstärker und die dazugehörigen Boxen aus dem Karton genommen und auf den Schreibtisch gestellt hatte.

»Da doch nicht«, sagte Marla.

Gereon hob die Hände. »Wo dann?«

Marla deutete auf die kleine Art-déco-Kommode, die neben dem Fenster stand. Sie war ein Erbstück von ihrer Urgroßoma und Marlas erklärtes Lieblingsmöbelstück.

»Stilbruch«, sagte Karen.

»Kein Streit«, wiederholte Gereon, während er den Verstärker zur Kommode hinübertrug. »Wir machen selbstverständlich alles so, wie Marla es möchte.«

»Klar machen wir das«, sagte Karen und lächelte Nora vielsagend an.

Marla räusperte sich und wandte den Blick zum Fenster. Sie mochte es nicht, wenn ihre Freunde Andeutungen über ihre undefinierte Beziehung zu Gereon machten.

Nora leerte ihr Glas und steuerte auf die Tür zu. »Ich schau mal nach, ob ich jemanden finde, der auch so ein edles Gesöff mitgebracht hat.«

»Tu das«, sagte Tom. Er stand vom Boden auf und folgte ihr. »Ich brauch jetzt erst mal was Festes in den Bauch.« Bevor er das Zimmer verließ, richtete er seinen Finger auf Gereon. »Und wenn ich zurückkomme, hätte ich gerne ein paar Takte Snoop Dogg.«

»Ich dachte, wir tun, was Marla will«, erwiderte Chloe.

Tom warf ihr einen Kussmund zu. Dann verdrehte er die Augen und verschwand in Richtung Küche.

Karen setzte sich auf und kniff Chloe in den Arm. »Hab ich was nicht mitgekriegt?«

Chloe errötete. »Wieso?«

»Wieso? – Na, du bist vielleicht gut!« Karen warf ihren Kopf in den Nacken und fing an zu lachen.

»Das war doch nix«, sagte Chloe.

»Nö, nur ein Luftkuss.« Karen kicherte. »Und der ist wohl nicht angekommen?«

»Jetzt hör schon auf«, sagte Marla. »Du musst ja nicht immer gleich hinter jeder Kleinigkeit was Großes vermuten.«

»Höchste Zeit, dass sie selber unter die Haube kommt«, meinte Chloe. »Wenn ich gewusst hätte, dass Rike wildfremde Leute auf ihrer Party haben will, hätte ich Karen glatt jemanden von der Straße mitgebracht«, fuhr sie neckend fort.

Karen hob die Hand und tat so, als ob sie Chloe eine scheuern wollte.

»Nur zu«, sagte Marla und deutete zur Tür. »Du kannst immer noch runtergehen und …« Sie stockte. Dann lächelte sie. »Hörst du uns schon lange zu, Fremder?«

Sofort wandten sich auch Chloe und Karen der Tür zu. Im Rahmen lehnte ein mittelgroßer Typ. Er hatte ein freundliches Gesicht, blonde, frisch in Form geschnittene kurze Haare und dunkle Augen. In seinem blau-weiß gestreiften Hemd und der tiefblauen Jeans wirkte er gepflegt und durchaus sympathisch.

»Hey, wer bist du denn?«, rief Chloe. Sie sprang auf ihn zu, nahm ihn am Arm und zog ihn ins Zimmer.

»Ja … also …«, sagte er. Verlegen fuhr er sich mit der freien Hand durch die Haare. »Nein, ich habe euch nicht zugehört«, fuhr er fort. Sein Blick hing an Marla. »Ich heiße Stefan. Stefan Gerke.«

Marla blickte ihn offen an. »Hallo«, sagte sie. »Ich bin Marla. Wer hat dich mitgebracht?«

»Mich? ... Oh, äh ... niemand.«

»Niemand?« Marla schüttelte den Kopf. Und plötzlich wusste sie, wer er war. Sie hatte seine Stimme erkannt. »Ach, jetzt fällt es mir ein«, rief sie. »Wir haben heute Morgen miteinander telefoniert, stimmt's? Du bist ein Freund von Rike.«

»Äh .. . Ja, ja, genau.« Stefan nickte eifrig.

»Hast du sie schon gefunden?«, fragte Marla. »Sie ist in der Küche. Dort, wo der dickste Trubel herrscht.«

Stefan lächelte. »Ja, ich weiß. Das ist typisch Rike.«

»Okay«, sagte Chloe. »Jetzt bist du aber bei uns gelandet. Und das trifft sich gut. Meine Freundin«, sie deutete auf Karen, »sucht nämlich dringend jemanden, mit dem sie sich unterhalten kann.«

Stefan lächelte immer noch, allerdings wirkte es mehr und mehr verkrampft. Chloes Offenheit machte ihm sichtlich zu schaffen.

»Nimm sie nicht so ernst«, sagte Karen. »Die gute Chloe übertreibt manchmal ein wenig.« Sie deutete auf den Flokati, der neben der Matratze lag. »Setz dich zu uns, wenn du magst, und erzähl uns, wer du bist und was du so machst.«

Stefans Blick hing immer noch an Marla. Sie spürte, dass er unruhig war. Offensichtlich fühlte er sich zwischen so vielen fremden Leuten nicht wohl. Sie wunderte sich, dass er überhaupt auf die Party gekommen war, und vor allem, dass so ein zurückhaltender Mensch wie er zu Rikes Freundeskreis gehörte.

»Fertig«, sagte Gereon. Er wandte sich zu Marla um. »Wo sind die CDs?«

»In einem der anderen Kartons.«

»Wie praktisch«, spottete Gereon. »Du weißt nicht zufällig, in welchem?«

Marla hob bedauernd die Schultern.

»Sooo viele sind es ja nicht«, sagte Chloe.

»Nein, allerhöchstens vier.« Gereon öffnete den obersten Karton und starrte hinein.

»Sie liegen obenauf«, sagte Marla. »Wenn sie dir nicht gleich ins Auge stechen, dann brauchst du nicht groß zu suchen.«

Gereon schüttelte den Kopf. »Nee, da sticht nix.« Er klappte den Karton wieder zu, stellte ihn beiseite und öffnete den nächsten. »Treffer!«, stieß er hervor. »Da liegen sie ja!« Er warf Marla einen vorwurfsvollen Blick zu. »Völlig ungeschützt.«

Marla musste lachen. Musik und alles, was damit zusammenhing, war Gereons absolutes Heiligtum. Seine Anlage, seine E-Gitarre mit dem Mischpult, die umfangreiche CD-Sammlung und ganz besonders die alten Vinylscheiben, die er von seinem vor einem Jahr gestorbenen Vater geerbt hatte, hütete er wie seinen Augapfel, und er erwartete, dass alle anderen es genauso machten. »Es sind doch Hüllen drum herum«, sagte sie. »Die kann man notfalls ersetzen.«

Gereon antwortete mit einem gequälten Seufzen. »Dein Laptop ist auch hier drin. Soll ich ihn dir gleich anschließen?«

»Ein andermal«, sagte Marla. »Ihr wisst ja, dass es ziemlich sinnlos ist, mir E-Mails zu schicken. Ich sehe ohnehin nur alle paar Tage in mein Postfach.«

Gereon warf ihr einen Blick zu, der besagte, dass er sie nur zu gut kannte, dann nahm er ein paar der CDs aus dem Karton und sah sie durch. »Okay, okay. Was möchtest du denn hören? – Snoop Dogg oder lieber Corinne Bailey Rae?«

»Oh ja!«, rief Karen. »Corinne! Corinne ist schön.«

»Leute, das ist eine Party!«, rief Chloe. »Wir wollen tanzen und nicht knutschend in den Ecken liegen!«

»Wieso eigentlich nicht?«, erwiderte Gereon und zwinkerte Marla zu.

Sie tat so, als ob sie seinen Blick nicht bemerkt hätte. Ein seltsames Gefühl breitete sich in ihrem Körper aus, eine Mischung aus feinen Stichen und aufgeregtem Kribbeln. Marla konnte es nicht leugnen: Sie mochte Gereon immer noch. Inzwischen kannte sie ihn allerdings schon zu lange und zu gut, um sich wirklich vorstellen zu können, mit ihm zusammen zu sein. »Salsa«, sagte sie und bemühte sich um einen festen Klang in ihrer Stimme. »Am liebsten würde ich jetzt diesen Brasil-Mix hören.«

»In Ordnung«, sagte Gereon. Er fischte eine weitere CD aus dem Karton und legte die in allen Regenbogenfarben schillernde Scheibe in den Player. Als die ersten Takte der südamerikanischen Rhythmen erklangen, tänzelte er auf Marla zu. »Dann lass uns mal den Reigen eröffnen«, sagte er schmunzelnd, ergriff ihr Handgelenk und zog sie auf die Füße.

Obwohl sie nicht wollte, wehrte Marla sich nur halbherzig. Letztendlich gab es keinen Grund, sich zu zieren und

Gereon diesen Tanz zu verweigern. Er hatte für die Musik gesorgt und ihr beim Umzug geholfen, es war ihre Party, sie waren befreundet, da war es doch lächerlich, ihm diesen Wunsch abzuschlagen. Außerdem war Gereon ein guter Tänzer. Er hatte nie einen Kursus besucht, die Schritte und Bewegungen lagen ihm einfach im Blut. Marla und er legten ihre Hände gegeneinander und ließen sanft ihre Hüften kreisen. Karen stand auf und schob mit Chloe die Matratze zur Seite.

»Diese Salsa-Musik ist einfach supererotisch«, sagte sie und sah Stefan an, dessen Blick auf Marla und Gereon ruhte.

Karen nickte, hob die Arme über ihren Kopf und fing an, mit den Fingern zu schnippen.

Marla fühlte Gereons warme Handflächen, sie sah seine lächelnden Augen, und obwohl ihre Körper sich nicht berührten, spürte sie seine geschmeidigen Bewegungen. Als das Stück zu Ende war, zog er sie in seine Arme und küsste sie auf den Mund. Marla schob ihn sanft zur Seite. »Nicht, Gereon«, sagte sie leise.

Das nächste Stück begann. Marla sah Gereon eindringlich an. Bitte, versteh mich doch, dachte sie, aber sie sah nur, dass sein Lächeln verschwunden war.

»Wenn ich vielleicht übernehmen dürfte?«, sagte plötzlich eine warme, dunkle Stimme hinter ihnen. Es war nicht die von Stefan.

Marla drehte sich viel zu schnell um und rief eine Spur zu laut: »Elias!«

Er war gekommen! Er war tatsächlich gekommen! Sie schaffte es nicht, ihre Freude zu verbergen. Es war idiotisch. Sie kannte ihn ja kaum! »Hast du Rike schon begrüßt?«, fragte sie, um davon abzulenken, dass sie völlig aus dem Häuschen war.

Elias schüttelte den Kopf. »Nein. Aber wenn du das möchtest, werde ich es selbstverständlich sofort tun.«

Chloe lachte lauthals heraus. »Alle hier tun alles für Marla. Ist das nicht irre?«

»Absolut«, sagte Gereon. Er warf Elias einen finsteren Blick zu und verschwand aus dem Zimmer.

»Oje, jetzt ist er beleidigt«, sagte Karen.

Elias tippte sich auf die Brust. »Meinetwegen?«

Chloe grinste. »Könnte glatt sein.«

»Ist er dein Freund?«, fragte Elias Marla. Er nahm ihre Hände und zog sie leicht an sich. »Ist er eifersüchtig, wenn du mit einem anderen tanzt?«

»Ich weiß es nicht«, sagte Marla. Sie spürte, dass ihre Handflächen feucht wurden, und sie wollte nicht, dass Elias das bemerkte. »Gereon«, begann sie und entwand ihm sanft ihre Hände, »... also, Gereon ist schon ein Freund. Allerdings sind wir nicht zusammen. Wir waren mal ineinander verliebt ...«

»Und er ist es immer noch«, sagte Elias.

»Keine Ahnung.«

»Man sieht es ihm an.«

Tief in ihrem Innersten wusste Marla, dass Elias recht hatte, doch sie versuchte es wie ihre eigenen Gefühle für Gereon zu verdrängen. »Du solltest einmal eine Nacht mit ihm verbringen«, hatte Karen ihr vor einiger Zeit empfohlen. »Dann ist endlich Schluss mit diesem ewigen Schwebezustand.« Doch für solche Spielchen war Marla nicht zu haben. Denn damit würde alles, was Gereon und sie verband, zerstört werden.

Elias lächelte. Marla bemerkte den Glanz in seinen Augen, und auf einmal bereute sie es, dass sie ihm ihre Hände entzogen hatte. Sie versuchte zurückzulächeln, aber sie spürte geradezu körperlich, dass es ihr misslang.

»Einen Tanz?«, fragte er leise. »Nur diesen einen, okay?«

In Marlas Hals bildete sich ein Kloß. Und dann?, dachte sie. Was ist dann? Tanzt du dann mit Karen und Chloe, mit Rike und all den anderen? Marla merkte, wie sie steif wurde. Sie stand da wie ein Stock, die verführerischen lateinamerikanischen Rhythmen tanzten in ihren Gehörgängen, fanden jedoch keinen Zugang zu ihrem Körper. Sie kam sich unendlich idiotisch vor, wünschte, dass sie Elias niemals begegnet wäre, und mochte sich zugleich nicht vorstellen, dass er heute Abend nicht gekommen wäre.

»Marla? Hey …?« Er berührte sie an der Schulter und zog seine Hand sogleich wieder zurück. »Es tut mir leid. Ich hätte euch nicht stören sollen. Ich wollte dich doch nur begrüßen. Das ist alles.«

Alles?, dachte Marla. Sie hatte Mühe, ihre Enttäuschung zu verbergen.

»Soll ich dir deinen Freund zurückholen?«, fragte Elias. »Ich entschuldige mich bei ihm und …«

»Er ist nicht mein Freund«, sagte Marla. Sie hatte sich wieder einigermaßen im Griff.

»Okay, okay.« Elias sah sie an. Er lächelte noch immer. Dann war das Stück zu Ende und das nächste begann. Es war ein Cha-Cha-Cha. »Willst du wirklich nicht?« Elias hob die Arme, er machte zwei kurze Schritte nach rechts und wiegte rhythmisch seine Hüften.

Marla zögerte. Was wollte er von ihr? Sie fühlte sich auf verwirrende Weise provoziert. »Es ist doch deine Musik, oder nicht?«, hörte sie ihn leise fragen.

Marla nickte. Ja, verdammt, es war ihre Musik. Sie liebte Salsa, und normalerweise genoss sie es, sich seinen Rhythmen hinzugeben – wenn sie allein war oder im kleinen Kreis ihrer engsten Freunde.

»Irgendwie komme ich mir langsam blöde vor«, sagte Elias. »Aber ich bin ja selber schuld.«

»Entschuldigung.« Marla versuchte ein Lächeln. »Vielleicht tanzt du besser mit Rike.«

»Kannst du keinen Cha-Cha-Cha?«

»Doch, aber ich tanze lieber allein.«

»Kein Problem«, sagte Elias. Er griff in seine Jackentaschen, holte drei kleine bunte Bälle hervor und warf sie in die Luft. Und während er weiter seine kurzen Schritte nach rechts in die Wiege und wieder zurück und dann nach links in die Wiege machte, jonglierte er mit den Bällen vor seinem Gesicht.

Fasziniert beobachtete Marla, dass seine Hände sich kaum von der Stelle rührten und nur die flinke, geschickte Bewegung seiner Finger den Bällen Schwung gab. Sie flogen nach rechts und nach links und kreisten nun in einem immer größer werdenden Bogen über seinem Kopf. Marla sah die tanzenden Sneakers auf dem Parkettboden, das Wiegen der Hüften, den kleinen Riss in Elias' Jeans auf dem Oberschenkel, das Spiel seiner Finger und das Leuchten in seinen Augen. Elias hatte das Gesicht zur Decke gewandt, er sah den Bällen zu, er lachte, seine Zähne blitzten, und alles, was er tat, geschah im absoluten Einklang mit der Musik.

Erst in dem Moment, als von der Tür her ein Klatschen ertönte, realisierte Marla, dass auch noch andere Gäste im Raum waren. Sie wandte den Blick und bemerkte Rike, die ins Zimmer getreten war. Hinter ihr drängten noch mehr Leute herein. Sie schauten zu und applaudierten ebenfalls.

»Hey!«, rief jemand. »Ist ja irre!«

Das Klatschen ging jetzt in den Rhythmus der Musik über, einige schnippten mit den Fingern. Marlas und Rikes Blicke trafen sich.

Plötzlich warf Rike ihren Kopf in den Nacken und lachte. Sie sprang auf Elias zu und schnappte sich einen der Bälle aus der Luft. Elias fing die beiden übrigen auf und steckte sie in seine Jacke zurück. Dann ergriff er Rikes Hand, die den dritten Ball umklammert hielt. Rike begann sofort zu tanzen. Sie reckte ihr Kinn und blickte Elias an. Sie sah ihm direkt in die Augen, und sie verbarg nicht, was sie dachte. Ihr Blick war eindeutig. Elias brauchte nur noch zuzugreifen.

Marla senkte beschämt den Kopf. Sie trat einige Schritte zurück und stieß gegen Karen, die ihr sachte den Arm um die Schulter schlang.

»Er interessiert sich nicht für sie«, wisperte sie. »Warum hast du nicht mit ihm getanzt?«

»Karen …«

»Ja, Marla …?«

»Was soll ich denn tun?«

»Keine Ahnung. Jetzt kannst du nur noch warten, bis dieses Stück endlich zu Ende ist und …«

»Und wenn er sich doch für sie interessiert?«

»Glaub mir, das tut er nicht.«

Die letzten Takte verklangen. Rike hielt noch immer den Ball umklammert und Elias noch immer ihre Hand. Sie standen ganz still und sahen einander an.

»Siehst du«, raunte Marla. Nach wie vor hatte sie den Kopf leicht gesenkt. Eine Locke fiel ihr ins Gesicht und gab ihr Schutz. Sie wollte nicht hinsehen, aber sie musste einfach.

Rike reckte ihr Kinn noch ein Stück höher. Ihr Blick war nun trotzig und herausfordernd. Elias lockerte seinen Griff. Schließlich ließ er Rikes Hand los. In ihrem Gesicht machte sich Verwunderung breit, dann lächelte sie, öffnete ihre Finger und hielt ihm den Ball hin. Elias nahm ihn und steckte ihn zu den anderen in seine Jackentasche. Er lächelte kurz, Marla glaubte das Wort »Danke« von seinen Lippen ablesen zu können, dann wandte er sich von Rike ab und kam auf Marla zu.

»Hab ich es nicht gesagt!«, wisperte Karen.

Marla drückte ihr den Ellenbogen in den Bauch.

»Entschuldigung«, sagte Elias.

Wofür?, dachte Marla. Etwa dafür, dass Rike ihn angemacht hatte?

Karen nahm ihren Arm von Marlas Schultern. »Wo hast du das gelernt?«, fragte sie.

»Das Jonglieren oder das Tanzen?«, erwiderte Elias.

Karen zuckte die Schultern. »Beides.«

»Das eine habe ich vor drei Jahren in der Tanzschule *Reblein* gelernt, und das andere habe ich mir selbst beigebracht.«

»Wir waren auch bei *Reblein*«, sagte Karen. »Marla, Chloe, Nora und ich. Das ist allerdings schon vier Jahre her.« Sie lachte. »Wir hatten eine Menge Spaß damals.«

»Mädchen sind eben in allen Dingen früher dran«, sagte Elias.

»Auch im Spaßhaben?«

Elias ignorierte Karens Frage. Er richtete seinen Blick auf Marla. »Ich würde gerne etwas trinken.«

»Steht alles in der Küche«, sagte Marla.

Elias musterte sie eindringlich. Marla merkte, wie ihr das Blut in den Kopf stieg, doch diesmal wollte sie seinem Blick nicht ausweichen. Entschlossen sah sie ihn an.

»Schade«, sagte er. »Ich dachte, du würdest vielleicht mitkommen. Aber heute scheint einfach nicht mein Tag zu sein.«

Marla spürte Karens Kniff im Rücken. Sie atmete tief durch. »Okay«, sagte sie laut. »Du hast recht. Ich könnte auch mal etwas anderes als Sekt vertragen.«

»Fein«, sagte Elias. Er machte eine Geste, die bedeutete, dass sie vorgehen sollte.

»Vermassel es dir nicht«, raunte Karen in Marlas Ohr und drückte ihr einen Kuss auf die Wange.

Marla ging an Elias vorbei und zwängte sich zwischen den tanzenden Leuten durch. Rike war verschwunden, und Stefan lehnte wie zu Beginn der Feier im Türrahmen. Als Marla an ihm vorbeiging, nickte er ihr schüchtern zu.

Netter Typ, dachte sie, ein bisschen steif, aber sehr sympathisch. Sie lächelte ihn offen an. Bei ihm hatte sie keine Probleme damit. Mit ihm hätte sie sich auch ganz unbefangen unterhalten können, und wahrscheinlich hätte sie das sogar getan – wenn Elias nicht gekommen wäre. »Bis später«, sagte sie, ohne darüber nachzudenken, es kam ihr einfach über die Lippen, vielleicht, weil er ihr leidtat. Er wirkte so einsam, niemand schien sich wirklich für ihn zu interessieren.

»Ganz schön voll«, sagte Elias, als sie nebeneinanderher durch den Flur in Richtung Küche gingen.

In der Tat hatten sich inzwischen eine Menge Leute in der Wohnung eingefunden. Marla glaubte, den einen oder anderen schon mal gesehen zu haben, Carlo und Isabella zum Beispiel, die vor zwei Jahren bereits ein Paar waren, als Rike sie auf einer Schulveranstaltung kennengelernt hatte. Die meisten Gäste waren Marla jedoch vollkommen fremd.

Aus der Küche schlug ihnen stickige, verrauchte Luft und eine akustische Mischung aus Hip-Hop, Gesprächsfetzen und Gelächter entgegen.

Marla und Elias blieben in der Tür stehen und sahen sich unschlüssig an. »Gibt es nicht einen Ort, an dem wir ein bisschen Ruhe zum Reden haben?«, fragte er.

Marla zuckte die Schultern. »Ich fürchte, nein«, sagte sie, während sie sich zugleich fragte, worüber er wohl mit ihr reden wollte.

»Was möchtest du trinken?«, erkundigte sich Elias.

»Einfach Mineralwasser.«

Elias nickte. »Dann wage ich mich mal in die Höhle des Löwen.«

Marla lehnte sich in den Rahmen und sah ihm hinterher. Obwohl sie es nicht wollte, blieb ihr Blick auf seinem Hintern hängen. Rike hätte ganz sicher kein Problem damit gehabt, sofort mit ihm in die Kiste zu steigen. Aber für Marla kam so etwas nicht infrage.

Sie reckte den Kopf und versuchte auszumachen, ob Elias bereits bis zu den Getränken vorgedrungen war, aber die Küche war dermaßen überfüllt, dass sie nicht bis zum Buffet sehen konnte. Außerdem tränten ihr von der schlechten Luft die Augen, und so wandte sie sich um und lehnte sich im Flur gegen die Wand.

Neben ihrer Zimmertür stand Stefan und unterhielt sich mit Gereon. Als er Marla bemerkte, lächelte er. Gereon sah ebenfalls zu ihr hin und nickte.

Reden die etwa über mich?, dachte Marla überrascht. Im selben Moment kam Elias mit einer Flasche Mineralwasser und zwei Gläsern aus der Küche.

»Und wohin jetzt?«

»Ich weiß nicht«, sagte Marla.

»Aber ich«, sagte Elias. Er steuerte auf die Wohnungstür zu, öffnete sie und deutete ins Treppenhaus.

Marla sah Gereon an. Sie registrierte seine finstere Miene und auch das immer noch offene Lächeln in Stefans Gesicht. Dann nahm sie ihren Schlüssel vom Haken und folgte Elias ins Treppenhaus.

Er stellte die Gläser auf die Treppenstufen, die in den ersten Stock führten, und füllte sie mit Wasser.

Marla zog die Tür hinter sich zu.

»Ich hoffe wirklich sehr, dass du keinen Stress bekommst«, sagte Elias.

»Wieso?« Marla nahm eines der Gläser und trank einen Schluck.

»Mag ja sein, dass er nicht dein Freund ist«, sagte Elias

und nickte zur Tür. »Ich wette allerdings, er wäre es gerne.«

»Ja, vielleicht«, sagte Marla. »Gereon und ich kennen uns schon ziemlich lange. Wir hätten hunderttausend Möglichkeiten gehabt, wir haben sie nicht genutzt. Und irgendwie ist ...«

»... der Zauber vorbei?«

Marla nickte.

»So ungefähr.« Sie trank einen weiteren Schluck. Es war ihr unangenehm, mit Elias darüber zu reden. Sie ärgerte sich sogar ein bisschen, dass er in Bezug auf Gereon nicht lockerließ.

»Warum hast du nicht mit mir getanzt?«, fragte er.

»Weil ich nicht wollte«, erwiderte Marla trotzig. »Reicht das nicht?«

»Nein. Weil es nicht stimmt. Du wolltest tanzen.«

»Ja«, gab Marla zu. »Aber nicht vor den ganzen Leuten.« Sie sah ihn an. »Können wir über etwas anderes reden?«

Elias schüttelte den Kopf. »Nein.« Er nahm sein Glas und trank es in einem Zug leer. Dann nahm er Marla ihres aus der Hand und stellte es auf die Treppe zurück. »Ich gehe nicht eher nach Hause, bis du wenigstens ein einziges Mal mit mir getanzt hast«, sagte er leise.

»Warum?«

Elias lächelte. »Warum schon? Weil ich mir im Moment fast nichts Schöneres vorstellen kann.«

Oh Gott! Marla hörte ihr Herz schlagen, und das machte sie wütend. Was bildete sich dieser Kerl eigentlich ein!

»Wir kennen uns doch überhaupt nicht!«, fuhr sie ihn an.

»Ist das ein Grund, nicht mit mir zu tanzen?«, fragte Elias ehrlich erstaunt.

Marla fühlte sich so entsetzlich, dass sie am liebsten im Boden versunken wäre. Sie tastete nach ihrem Schlüssel, den sie in ihre Hosentasche geschoben hatte. Vielleicht sollte sie wirklich …

»Ich will dich ja nicht nerven«, sagte Elias. »Aber du bist mir auf Anhieb sympathisch gewesen. Ich habe mich richtig auf diesen Abend gefreut, und als ich eben in dein Zimmer kam … Es ist doch dein Zimmer gewesen …?«

Marla atmete tief ein und wieder aus. Sie versuchte sich zu beruhigen. Es war alles in Ordnung, kein Grund, sich aufzuregen. Marla nickte. »Ja, es ist mein Zimmer gewesen. Und meine Musik. Meine Freunde …«

»Okay«, sagte Elias. »Ich habe gesehen, dass du diese Musik magst, und darüber habe ich mich so gefreut, dass ich sofort mit dir tanzen wollte. Und ich wünsche mir immer noch, es zu tun.«

»Aber hier im Treppenhaus hört man doch gar nichts von der Musik.«

»Dann stell sie dir einfach vor.«

»Elias!«

Er lachte. »Marla«, sagte er. »Marla. Du hast die Fantasie. Ich weiß, dass du sie hast. Ich weiß mehr über dich, als du denkst.«

»Aber ich weiß nichts über dich«, erwiderte sie.

»Dann schließ die Augen, lausch dem Cha-Cha-Cha, und tanz mit mir«, sagte Elias. Er fasste ihre Hände, sehr behutsam, ohne sie wirklich festzuhalten. Seine Lider senkten sich, und er begann, seine Schritte zu machen. Es waren sehr kleine Schritte. Marla starrte auf seine Füße. Zögernd schloss sie ebenfalls die Augen. Sie spürte das Tanzen von Elias' Füßen und das Wiegen seiner Hüften in ihrer Hand, und plötzlich fiel es ihr nicht mehr schwer, sich das Musikstück in Erinnerung zu rufen. Fast wie von selbst glitten Marlas Füße über das Linoleum des Treppenhausbodens. Wenn Elias nach links wiegte, wiegte sie automatisch nach rechts. Bei jedem Seitschritt wippten ihre Hüften nach oben. Sämtliche Scheu und Verkrampftheit fielen von ihr ab. Voller Lust bewegte sie ihren Körper im Rhythmus der Musik. Marla vergaß alles um sich herum, spürte nur noch Elias' Hände, seine Finger, die ihre nicht einmal hielten, sondern nur sanft berührten. Sie kam erst in die Realität zurück, als sie sein Lachen hörte.

Marla riss die Augen auf.

Elias sah sie an und lachte. Spontan zog er sie in seine Arme und drückte sie leicht. »Ich glaube, das Stück ist ganze drei Mal durchgelaufen«, sagte er in ihre Locken. »Es war sehr schön, mit dir zu tanzen. Du hast wirklich ein tolles Gespür für südamerikanische Rhythmen.« Dann schob er sie plötzlich von sich und deutete auf die Treppe. »Jetzt bin ich bereit, dir alles von mir zu erzählen, was du wissen willst«, fuhr er fort, während er den Verschluss der Mineralwasserflasche abdrehte und ihre Gläser wieder füllte.

Marla schüttelte benommen den Kopf. Was trieb er für ein seltsames Spiel mit ihr? Eigentlich hielt sie ihn für sensibel genug, um kapiert zu haben, dass sie ein sehr zurückhaltender Mensch war. Doch auch jetzt schien Elias keine Notiz davon zu nehmen.

»Ich liebe diese Musik!«, verkündete er euphorisch. »Und es ist ja nicht gerade alltäglich, dass man jemanden trifft, dem es genauso geht. Die meisten in unserer Alterslage stehen doch auf House, Hip-Hop oder schlichten Kommerz-Pop.«

Marla ließ sich langsam auf die Treppe sinken. Sie trank einen Schluck und behielt ihr Glas in der Hand. Irgendwie hatte sie das Gefühl, Elias so ein wenig auf Distanz halten zu können. »Wie alt bist du überhaupt?«, fragte sie.

»Einundzwanzig«, sagte er.

Marla nickte. So ungefähr hatte sie ihn eingeschätzt. Eigentlich viel zu alt. Tom und Gereon waren gerade mal neunzehn. »Ich bin noch nicht achtzehn.«

»Umso erstaunlicher«, sagte Elias.

»Was?«

»Na, dass du diese Salsa-Musik magst.«

Marla zuckte die Schultern. Hatte er wirklich nur dieses eine Thema auf Lager? »Können wir nicht …?« … über was anderes reden?, wollte sie ihn noch einmal fragen, doch sie brach mitten im Satz ab.

»Alles, was du willst«, sagte Elias. »Frag mir Löcher in den Bauch, tanz noch mal mit mir, geh mit mir spazieren, lass uns in den nächsten Flieger steigen und …«

»Elias«, sagte Marla.

»Ja …?«

Kann man dich überhaupt ernst nehmen?, dachte sie, während sie ihn schüchtern musterte. Seine Augen hatten in der Tat einen viel zu kindlichen Ausdruck für sein Alter. Die Züge um Nase, Mund und Kinn waren im Gegensatz dazu schon sehr erwachsen. Eine gespaltene Persönlichkeit, dachte Marla. Jemand, auf den man sich nicht hundertprozentig verlassen sollte. Ein Spieler, der auch ernst machen kann, wenn ihm daran liegt. Ein Egoist oder zumindest jemand, der gerne im Mittelpunkt steht.

»Was denkst du?«, fragte Elias.

»Nichts.«

»Schwindel.«

Marla zuckte die Schultern.

»Okay, es geht mich nichts an«, sagte Elias. »Ich finde aber, anstatt zu grübeln solltest du lieber mit mir reden. Frag mich doch einfach, ob ich ein egozentrischer Mensch bin oder jemand …«

Marla fühlte sich ertappt.

»Bist du«, sagte sie und stand abrupt auf. »Ich glaube, ich gehe jetzt besser wieder rein. Es ist unhöflich, sich so lange nicht sehen zu lassen. Schließlich habe ich noch andere Gäste.«

»Okay, okay.« Der kindliche Ausdruck in Elias' Augen verschwand, und seine Kiefermuskeln traten hervor. »Ich habe verstanden.« Er erhob sich ebenfalls und lächelte sein Lächeln, das diesmal allerdings längst nicht so strahlend rüberkam wie sonst. Offenbar war er doch nicht so selbstbewusst, wie er vorgab, dachte Marla eher amüsiert als erleichtert.

Elias ergriff die Flasche und sein Glas und folgte Marla in die Wohnung zurück. Nachdem sie die Tür geschlossen hatte, ging er, ohne sie weiter zu beachten, an ihr vorbei und verschwand in der Küche.

Marla überlegte, was sie tun sollte. Wenn Rike ebenfalls in der Küche war, würde die sich Elias schnappen. Und sie würde nicht danach fragen, ob er ein Kind, ein Macho, ein Egozentriker oder sonst was war. Sie würde mit ihm schlafen, wenn er es wollte. Der Gedanke, Elias und Rike morgen früh mit zerknitterten Gesichtern, geröteten Lippen und leuchtenden Augen am Frühstückstisch gegenüberzusitzen, verursachte einen unangenehmen Druck in Marlas Magengegend. Zögernd lief sie auf ihre Tür zu und checkte ihr Zimmer ab: Nora und Chloe amüsierten sich mit zwei Typen, die Marla nicht kannte. Karen unterhielt sich mit Carlo und Isabella. Tom und Gereon tanzten einen Klammerblues zu einem krachigen Linkin-Park-Song.

Marla ging weiter und sah in Rikes Zimmer und schließlich im gemeinsamen Wohnraum nach. Rike war nicht da, sie musste also in der Küche sein. Marla spürte eine beißende Enttäuschung in sich aufsteigen. Du hast es vermasselt, hörte sie Karen sagen. Nein, hab ich nicht, dachte sie entschieden. Elias ist nicht so toll, wie ich dachte. Bestimmt ist es besser, dass ich mich nicht auf ihn eingelassen habe.

Marla registrierte Stefan, der in Rikes altem Sessel saß und in einem Buch blätterte. Sie beschloss, das zu tun, was sie ohnehin getan hätte, wenn Elias nicht aufgetaucht wäre: sich mit Stefan zu unterhalten.

Lächelnd ging sie zu ihm hinüber und setzte sich auf die Sessellehne.

»Alles in Ordnung?«

»Ja, ja … natürlich.« Stefan hielt Marla das Buch hin. Es war *Die dunkle Seite des Mondes* von Martin Suter. »Kann ich mir das mal ausleihen?«

»Klar«, sagte Marla. »Es ist zwar nicht meins, aber Rike hat sicher nichts dagegen.«

Stefan nickte. »Denk ich zwar auch. Ich frag sie nachher aber lieber noch mal.«

»Woher kennst du sie eigentlich?«, fragte Marla. »Von der Schule doch nicht, oder?« Sie schätzte, dass er etwa derselbe Jahrgang wie Elias war.

»Doch.« Stefan nickte. »Von der Schule. Ich war allerdings zwei Klassen höher als sie.«

»Und du hast Abi gemacht.«

Stefan nickte.

»In welchen Fächern?«

»Äh … Mathe und Physik.«

»Interessant«, sagte Marla. »Ich hab Physik immer ganz gern gemocht. Mathe fand ich allerdings zu kompliziert. Viel zu theoretisch. Und was machst du jetzt?«, wollte sie wissen.

»Ich bin an der Uni.«

»Und studierst auf Lehramt?«

Stefan schüttelte den Kopf. »Nein, das ist mir zu stressig. Nicht, dass ich Kinder nicht mag, aber in der Masse fühle ich mich ihnen einfach nicht gewachsen.«

»Schule ist ohnehin nicht das Maß aller Dinge«, meinte Marla. »Ich zum Beispiel bin nach der mittleren Reife abgegangen und habe es vorgezogen, eine Ausbildung zu machen.«

»Als was?«

»Reisebürokauffrau.«

»Aah. Du interessierst dich also für fremde Länder?«

Marla zuckte die Schultern. »Ja, schon.«

»Und du arbeitest hier in der Stadt?«

»Ja. Bei Weinrich.«

»Weinrich, Weinrich ...«, wiederholte Stefan. Er rieb sich mit der Hand über den Oberschenkel. »Ich bin nicht sicher, aber ich glaube, ich bin dort schon mal vorbeigekommen.«

»Benderstraße«.

Stefan nickte. »Genau.« Er lächelte Marla an. »Es ist kein besonders großer Laden.«

»Oh, Fläche braucht so ein Reisebüro auch nicht«, erwiderte Marla. »Ein gutes Ambiente, Platz für die aktuellen Prospekte und Kataloge ... Das meiste läuft eh über den PC.«

»Ja klar, natürlich.« Das Lächeln in Stefans Gesicht verschwand. »Vielleicht sollte ich mal vorbeikommen«, meinte er, während er die leere Regalwand fixierte. »Meinst du, man bekommt jetzt noch was für Juni?«

»Kommt drauf an, wo du hinwillst«, sagte Marla. »Die günstigen Sachen sind natürlich längst weg. Aber ...«

»Nach Stromboli.«

»Was?«

»Ja. Wieso nicht?«

»Aber dort gibt es nichts«, sagte Marla. »Bloß Gestein. Stromboli ist eine reine Vulkaninsel.«

»Eben darum«, sagte Stefan.

»Und was willst du da machen?«

»Nur eine Weile dort sein. Herumlaufen. Das Meer genießen, sehen, wie die Menschen dort leben, einfach mal abschalten von dem ganzen Überfluss hier«, zählte Stefan auf. »In einer Großstadt bist du doch dermaßen mit Reizen überflutet, da brauchst du zwischendurch auch mal ein bisschen Ruhe.«

»Oh, das verstehe ich«, sagte Marla. »Ich persönlich hätte es nur gerne ein wenig grüner.«

Stefan hob die Schultern. »Kein Problem. Ich komme gerne mal bei euch im Reisebüro vorbei und lasse mich von dir beraten.«

»Ja.« Marla nickte. »Mach das. Es würde mich freuen.«

In Stefans Augen trat ein feiner Glanz. »Ehrlich?«

»Klar.«

»Du würdest dich wirklich freuen?«

»Sicher. Wieso denn nicht?«

In diesem Moment steckte Karen den Kopf ins Zimmer. »Ach, hierhin habt ihr euch verkrümelt.«

»Quatsch«, sagte Marla. »Doch nicht verkrümelt. Aber woanders kann man sich ja nicht richtig unterhalten.«

»Eine Party dient ja auch nicht der Unterhaltung«, sagte Karen.

»Sondern?«

»Der Unterhaltung.«

»Scherzkeks«, sagte Marla. »Gibt es außerhalb dieser Oase denn etwas Besonderes?«

Karen grinste. »Allerdings.«

»Und was soll das sein?«

»Das solltest du dir lieber selber ansehen. Das kann man nämlich nicht beschreiben.«

Marla sah Stefan an. »Kommst du mit?«

»Warum nicht.« Er legte das Buch von Martin Suter zur Seite und hielt ihr seine Hand hin. Marla stand von der Lehne auf. Stefans Hand war trotz des seit einigen Wochen anhaltenden sonnigen Wetters auffallend weiß. Er hatte gerade, kräftige Finger und sauber gefeilte Nägel.

Zögernd ergriff Marla diese Hand, half ihm dann allerdings so schwungvoll auf die Beine, dass er das Gleichgewicht verlor, nach vorn kippte und beinahe in ihre Arme gestolpert wäre.

Stefan lachte. »Du kannst ganz gut zupacken, was?«

»Allerdings«, bestätigte Karen. »Marla ist ein durch und durch praktischer Mensch, der seine Energie an entsprechender Stelle zu bündeln weiß.«

»Ts«, machte Marla.

»Wenn das nicht so wäre, hätte deine Mutter dich niemals alleine hier wohnen lassen«, sagte Karen. Sie hakte sich bei Marla unter und zog sie in den Flur hinaus. »Was willst du denn jetzt von dem?«, raunte sie in ihr Ohr.

»Hast du etwa Angst, dass ich ihn dir wegschnappe?«, fragte Marla neckend.

Karen grinste. »Geschenkt.«

»Er ist aber wirklich nett.«

»Schon möglich«, meinte Karen. »Ich finde allerdings, du hättest dich mehr auf den Akrobaten konzentrieren sollen. Ihr wart doch eine ganze Weile verschwunden, oder täusche ich mich?«

»Tust du nicht.«

»Und?«

»Nix und«, sagte Marla. »Er ist ...« Sie brach ab, weil ihr die treffenden Worte fehlten, um den Eindruck, den sie von Elias hatte, zu beschreiben.

»Ich höre ...«, sagte Karen.

»Ach, er ist irgendwie seltsam«, erwiderte Marla. »Sehr auf sich fixiert, und dabei überschreitet er auch schon mal die Grenzen der anderen.«

»Oh!«, rief Karen. »Hat er dich etwa geküsst?«

»Nein, hat er nicht«, sagte Marla ungeduldig. »Es ist eher so, dass er voraussetzt, dass man sich für die gleichen Dinge begeistert wie er, und nicht merkt, wenn das nicht der Fall ist.«

Karen seufzte. »Das ist doch kein Grund, ihn nicht ein bisschen näher kennenlernen zu wollen.«

»Hallo«, sagte Marla empört. »Also mir ist jemand wie Stefan, der sich ein bisschen zurückhält, tausendmal lieber.«

»Tja dann«, unterbrach Karen sie. »Dann solltest du dich vielleicht wirklich lieber ihm widmen, anstatt dir das anzuschauen …« Sie brach ab und griente Marla geheimniskrämerisch an.

»Was?«

Karen blieb abrupt stehen und blickte die Freundin herausfordernd an. »Entscheide dich«, sagte sie. »Jetzt!«

Marla sah das Blitzen in ihren Augen und spürte, wie die Neugier von ihr Besitz ergriff. »Okay«, sagte sie also und folgte Karen, die zielstrebig auf Rikes Zimmer zuging, in dem sich inzwischen offenbar die meisten Gäste versammelt hatten. Sämtliche Augenpaare waren auf Rike gerichtet, die im Schneidersitz auf einem modernen Sideboard aus weiß furniertem Holz hockte und in die Runde grinste. Als sie Marla bemerkte, winkte sie sie zu sich herüber.

»Komm her, Süße, du bist die Einzige, die diese Sondervorstellung verpasst hat.«

Sofort wandten die Gäste sich Marla zu. Einige tuschelten miteinander, und hier und da ertönte ein unterdrücktes Kichern.

Marla trat kopfschüttelnd auf ihre Freundin zu. Rike irrte sich. Sie war nicht die Einzige. Stefan hatte von dem, was auch immer hier gelaufen war, ebenfalls nichts mitbekommen. Unwillkürlich drehte Marla sich nach ihm um. Er stand zusammen mit Karen neben der Tür. Sein Blick war ernst, hellte sich jedoch sofort auf, als er merkte, dass sie ihn ansah.

»Hallo!«, rief Rike. »Hier spielt die Musik.«

Marla wandte sich wieder um. »Okay«, sagte sie. »Ich höre bloß nichts.«

»Es gibt auch nichts zu hören«, erwiderte Rike. »Sondern nur etwas zu gucken. Aber das ...«, sie streckte ihren Zeigefinger nach oben, »... hat es in sich. Das verspreche ich dir.«

»Du machst es ganz schön spannend«, sagte Marla.

»Typisch Rike«, hörte sie Chloe hinter sich sagen. »Du kennst sie doch.«

Jemand schnaubte leise, und wieder ertönte ein Kichern. Doch keiner der vielen Gäste, die eng aneinandergedrängt im Zimmer standen, pflichtete Chloe bei oder widersprach ihr. Offenbar wollte niemand Rikes Vorstellung durch unnötiges Geplapper hinauszögern oder gar etwas verpassen. Marla wurde zunehmend nervöser. Am liebsten hätte sie sich umgedreht und abgecheckt, ob Elias sich ebenfalls unter den Zuschauern befand. Als sie hereingekommen war, hatte sie ihn nämlich nirgends entdeckt, und nun befürchtete sie plötzlich, dass er bereits gegangen war.

Rike schenkte Chloes Bemerkung keine Beachtung, sondern klopfte gegen eine der drei Türen des Sideboards und fragte: »Hast du hier jemals reingeschaut?«

Marla hob die Schultern. »Glaub schon.«

»Dann weißt du also, wie viele Innenfächer es gibt?«

»Zwei?«, riet Marla.

»Exakt.« Rike nickte. »Und? Sind sie gleich groß?«

Marla schüttelte den Kopf. »Wenn du schon so fragst, sind sie es natürlich nicht.«

»Exakt«, wiederholte Rike. »Sie sind unterschiedlich groß.« Sie beugte sich nach vorne und klopfte abermals gegen die Türen. »Es gibt ein recht geräumiges Fach auf dieser Seite und ein kleineres hier«, fuhr sie fort, während sie nun gegen die Tür am anderen Ende des Schrankes tippte. »Wie schätzt du die Maße?«

Marla stöhnte. »Was soll diese Fragerei?«, entgegnete sie ungeduldig. Allmählich nervte es sie, an diesem Abend nur der Spielball anderer zu sein.

»Schätz doch einfach mal«, forderte Rike sie auf. »Wie groß sind die Innenfächer hinter den Schranktüren? Nur so ungefähr.«

»Keine Ahnung«, sagte Marla. »Geometrie war noch nie meine Stärke. Ich könnte dir eher sagen, was in diese Fächer hineinpasst.«

Rike zuckte die Achseln. »Dann tu das doch einfach. Je länger du dich nämlich windest, desto unangenehmer wird es«, setzte sie hinzu.

»Mach dir mal keine Gedanken«, erwiderte Marla. »Ich kann ganz gut entscheiden, wann mir etwas zu viel wird und wann …«

»Dich meine ich doch gar nicht«, unterbrach Rike sie. »Es geht um jemand anderen, der sich sozusagen in einer Zwangslage befindet.« Sie hob die Schultern und lächelte entschuldigend. »Und obwohl er sich natürlich selber hineinmanövriert hat, musst du sein Leiden ja nicht unnötig in die Länge ziehen.«

Marla sah Rike verständnislos an. Wovon redest du?, wollte sie fragen. Ihre Gereiztheit war mittlerweile in Wut umgeschlagen. Von den Leuten, die hinter ihr standen, ertönte unterdrücktes Gekicher und Getuschel. Jetzt erst fiel Marla auf, dass keine Musik mehr spielte. Die Atmosphäre im Raum knisterte geradezu vor Anspannung.

»Ach verdammt!«, stieß Marla hervor. Sie machte einen Schritt auf das Sideboard zu und riss nacheinander zwei der Türen auf. Das größere Fach war leer, und im kleineren, in das allerhöchstens ein schlapp aufgeblasener Gymnastikball gepasst hätte, lagen ineinander verhakt zwei Jeansbeine. Marla erkannte das T-Shirt, das Elias trug, sie entdeckte ein paar nackte Zehen und schließlich eine leuchtend gelbe Rose, die sich zwischen den Jeansbeinen hervorschob.

Marla machte einen Schritt zurück. Den kleinen Schrei, der in ihrer Kehle explodierte, unterdrückte sie hastig. Sie presste die Finger gegen ihren Mund und fixierte erschrocken und fasziniert zugleich die gelbe Rose, die sich nun, geführt von einer Hand, die Marla in diesem Augenblick fast schmerzlich vertraut vorkam, zu Rike erhob. Und während diese die Blume lachend ergriff, schälte Elias sich mit einer beeindruckenden Eleganz aus der Enge des Schrankfachs heraus, richtete sich auf und nahm den begeistert aufflammenden Applaus seiner Zuschauer mit einer lässigen Verbeugung entgegen. Dann drehte er sich um, nahm Rike die Rose aus der Hand, wandte sich Marla zu, sank lächelnd vor ihr auf die Knie und hielt ihr die Blüte entgegen. Marla spürte, wie ihr das Blut ins Gesicht schoss. Wie oft schon hatte Elias sie an diesem Abend in Verlegenheit gebracht! Diese Inszenierung setzte dem Ganzen allerdings die Krone auf! Sie blickte von Elias' hingebungsvoller Miene in Rikes Gesicht, auf dem gerade ein Lächeln erstarb.

Marla presste die Lippen aufeinander. Was fiel diesem schrecklichen Kerl eigentlich ein! Woher nahm er das Recht, sie alle herumzuschubsen, als ob sie lauter willenlose Puppen wären! Marlas Verstand setzte aus. Voller Zorn griff sie nach der Rose und fasste ins Leere. Elias lachte. Die Gäste hinter ihr auch. Nur Rike verzog keine Miene. Mit ernstem, nahezu verschlossenem Gesicht hockte sie auf dem Sideboard und verfolgte die Szene.

»Sehr witzig!«, stieß Marla hervor. Sie wollte sich umdrehen und aus dem Zimmer gehen, doch Elias sagte: »Warte, bitte.« Seine Stimme klang so sanft und gleichzeitig so eindringlich, dass sie einfach stehen bleiben musste. Mit der einen Hand berührte Elias sie am Arm, die andere führte er in einem Halbkreis nach oben. Marla versuchte zu erfassen, was er tat. Sie spürte ein leichtes Ziepen am Hinterkopf, und im nächsten Augenblick zog Elias die Rose aus ihren Haaren. »Du hast mich verzaubert«, sagte er leise. Er suchte ihren Blick, doch Marla hatte ihre Augen gesenkt. Sie hätte sich ohrfeigen können, dass sie ihm schon wieder in die Falle getappt war. »Ich bin total froh, dass deine Freundin mich eingeladen hat«, hörte sie ihn flüstern. »Aber jetzt muss ich leider gehen.«

»Was?«, sagte Marla. Sie sah die zarten Blütenblätter der

Rose und atmete ihren Duft und hasste sich dafür, dass sie sich so idiotisch benahm.

»Ein Freund von mir feiert heute Geburtstag«, sagte Elias. »Ich habe ihm versprochen, dass ich auf jeden Fall noch vorbeikomme.«

Marla nickte. »Ist schon okay«, sagte sie kühl. Sie nahm die Rose und sah Elias trotzig an. Du schmierst mir doch sowieso nur Honig ums Maul und meldest dich dann nie wieder, dachte sie. Bilde dir bloß nicht ein, dass ich Typen wie dich nicht durchschaue!

»Gehst du noch mit zur Tür?«, fragte Elias.

Marla presste die Zähne aufeinander und nickte. Sie widerstand dem Reflex, die Rose an ihre Nase zu führen, und legte sie auf einen kleinen Beistelltisch. Dann ging sie Elias voran aus dem Zimmer, öffnete die Wohnungstür, nickte ihm zu und sagte: »Ja dann ... also tschüs.«

»Tschüs«, sagte Elias. Er trat dicht an sie heran und legte zögernd seine Hand in ihre Taille. Marla wollte sie wegschlagen, sie wollte protestieren, doch Elias hatte seinen Mund bereits auf ihren gelegt. Mit sanftem Druck umschloss er ihre Lippen und hielt sie für eine Weile fest.

Marlas Herz klopfte wild. Sie wagte kaum zu atmen. Ganz still stand sie da, unbeweglich, fast steif, und ließ diesen Kuss mit sich geschehen.

Bevor Elias sich von ihr löste, fuhr er mit der Zungenspitze über ihre Oberlippe, küsste sie noch einmal kurz und sagte lächelnd: »Ich melde mich.«

»Ja«, sagte Marla benommen. Sie sah ihm hinterher, wie er in den Flur trat und dann mit leichten, federnden Schritten das Haus verließ.

Er war dem Schicksal dankbar, dass es ihn so unverhofft nah an sie herangeführt hatte. Das konnte kein Zufall, nein, das musste Bestimmung sein. Es war seine Aufgabe, über sie zu wachen. Ja, es war sogar seine Pflicht, immer in ihrer Nähe zu sein und aufzupassen, dass nichts geschah, was ihrer gemeinsamen Zukunft im Weg stand. Es gab nicht wenige, an deren Blicken er abgelesen hatte, wie sehr sie sie begehrten, und es würde eine harte Prüfung für sie sein, all diesen unehrlichen Avancen zu widerstehen und zu erkennen, wer ihr wahrer Geliebter und Beschützer war.

An diesem Abend war ihr niemand so nahe gekommen wie er. Niemandem hatte sie sich so bereitwillig überlassen wie ihm! Die ganze Nacht hatte er wach gelegen und sich immer wieder den Zauber dieses einzigartigen Moments vor Augen geführt. Inzwischen war die Sonne aufgegangen und ließ ihre hellen Morgenstrahlen über seine Bettdecke tanzen. Er schloss die Augen und stellte sich vor, wie er ihre zarten Lippen liebkoste. Eine heftige Erregung erschütterte seinen Körper. Die Versuchung, sie zu befriedigen, war groß, doch er durfte sich nicht gehen lassen. Er musste warten. Sie war sein Ziel, sein Leben, sein Alles. Und so drehte er sich auf den Bauch, krallte die Hände ins Kopfkissen und strafte sich damit, nicht an sie zu denken, bis es vorüber war.

2 SONNTAG

Marla schlief bis weit in den Vormittag hinein. Als sie die Augen aufschlug, hörte sie, dass Rike mit Flaschen und Gläsern hantierte. Marla blinzelte in die Sonne, die bereits hoch über den Dächern der Hinterhofwohnungen stand. Sie warf einen Blick auf die gelbe Rose, die sie in einer kleinen Flasche auf ihren Schreibtisch gestellt hatte. Dann streckte sie ihre Glieder, schlug die Decke zurück und tappte in die Küche. Rike trug das Achselhemd und die karierten Boxershorts, in denen sie schlief. Ihre Haare waren zerzaust, und auf ihrer Wange zeichnete sich noch schwach der Abdruck einer Kissenfalte ab. Sie hatte die Gläser auf der Anrichte zusammengestellt und ließ gerade Wasser in die Spüle laufen.

»Morgen«, sagte Marla. »Du bist schon auf?«

»Klar.« Rike gähnte. »Hab mir extra den Wecker gestellt. Schließlich will ich mir nicht nachsagen lassen, dass ich nur an mein Vergnügen denke.«

Marla lächelte. »Du bist süß«, sagte sie, hauchte ihrer Freundin einen Kuss auf die Schulter und ließ sich auf einen Hocker fallen.

»Und du?«, fragte Rike. »Bist du nun richtig verliebt?«

»Was? In wen?«

»Na, in wen schon!« In Rikes Stimme schwangen sowohl Spott als auch eine Spur von Wut mit. »Ich hoffe, er hat dir seine Handynummer gegeben.«

»Nein.«

Rike drehte das Wasser ab und schlug den Schaum, der über den Rand des Spülbeckens quoll, mit der Hand herunter. »Warum nicht?«

»Weil ich ihn nicht danach gefragt habe«, erwiderte Marla. Sie griff nach einer letzten einsamen Olive, die sich in der Mitte einer weißen Keramikschnecke befand, steckte sie in den Mund und verzog das Gesicht.

»Warum nicht?«, wiederholte Rike.

»Weil er sich schon melden wird, wenn er wirklich Interesse daran hat, mich wiederzusehen.«

Rike nahm ein paar Gläser von der Anrichte und ließ sie ins Spülwasser fallen. »Warum ergreifst du nie von dir aus die Initiative?«, fragte sie.

»Warum nimmst du immer zu viel Spüli?«, entgegnete Marla. Sie spuckte die angebissene Olive in ihre Hand und warf sie in den Mülleimer.

»Das ist ja wohl meine Sache«, sagte Rike erbost.

»Eben.« Marla ging zum Kühlschrank und holte die Butter und die Erdbeermarmelade heraus. »Soll ich Kaffee kochen?«

»Wir hatten eine Abmachung«, sagte Rike, während sie zwei Gläser gleichzeitig durchs Spülwasser zog und energisch in den Abtropfkorb stellte.

»Das ist Blödsinn«, sagte Marla.

Rike fuhr herum. Ihre hellen Augen funkelten. »Was soll das heißen?«

»Ganz einfach«, sagte Marla. »Du hättest dir Elias jederzeit schnappen können. Wenn du es aus Rücksicht auf mich nicht getan hast, bist du selber schuld.«

»Keine Angst, das hab ich nicht«, entgegnete Rike.

Marla schnappte nach Luft. Fast hätte sie einen bissigen Kommentar von sich gegeben, aber sie schluckte ihn herunter. Es gab keinen Anlass für eine Moralpredigt. So war Rike eben. Außerdem hatte Marla gestern Abend auch kaum einen Gedanken an die Freundin verschwendet.

Rike wandte sich wieder dem Spülbecken zu und behandelte die nächsten Gläser etwas behutsamer. »Ich hab ja gleich gesehen, dass Elias wie programmiert war auf dich.«

»Du spinnst«, sagte Marla. Sie stellte den Wasserkocher an und fischte die Kaffeedose aus dem Regal.

»Tu ich eben nicht«, erwiderte Rike. »Ich hab ja versucht, ihn anzubaggern …«

»Das ist mir nicht entgangen«, sagte Marla, während sie vier Löffel Pulver in den Glaskolben des Kaffeebereiters zählte.

Rike seufzte. »Dann musst du auch bemerkt haben, dass es bloß so an ihm abgeperlt ist.«

»Vielleicht ist er einfach nicht der Typ für eine schnelle Nummer.«

»Was du immer denkst!« Rike schüttelte den Kopf. »Ich bin nicht einzig und allein auf One-Night-Stands aus!«

»Schon gut«, sagte Marla beschwichtigend.

»Außerdem weißt du ja jetzt, dass Elias nicht gerade prüde ist«, fuhr Rike über ihre Schulter blickend fort.

Marla sah sie überrascht an, und Rike grinste. »Ich hab gesehen, dass er dich zum Abschied geküsst hat.«

»Geküsst ja. Aber nicht so, wie du vielleicht denkst.«

»Nicht?« Rikes Grinsen wurde noch ein wenig breiter. »Wie dann?«

»Na ja, nicht richtig eben.« Ungeduldig fixierte Marla den Wasserkocher, der heute offenbar besonders viel Zeit benötigte, um einen guten Liter Wasser zu erhitzen. »Du weißt genau, wie ich das meine.«

»Oh!« Rike hob theatralisch die Hände. »Verschon mich bloß mit Details. Es interessiert mich nun wirklich nicht, ob er zärtlich oder eher leidenschaftlich küsst, ob seine Zunge spielt oder fordert und ob er eher nach Spearmint oder nach Knoblauch schmeckt.«

Marla seufzte. »Warum bist du bloß so?«, murmelte sie und bereute diese Frage bereits im nächsten Moment. »Tut mir leid«, sagte sie hastig. »Es war nicht so gemeint.«

»Doch, das war es.« Rike zog die Hände aus dem Spülwasser und griff nach dem Handtuch. »Du sagst so gut wie nie Dinge, die du nicht so meinst«, fuhr sie fort. »Und ob du es glaubst oder nicht, gerade das ist es, was ich so besonders an dir mag.«

»Was willst du damit sagen?«, erwiderte Marla misstrauisch. »Etwa, dass du nicht immer …«

»… ganz ehrlich bin.« Rike lächelte. »Genau.« Sie ließ sich auf dem Stuhl Marla gegenüber nieder und schnappte sich das Tabakpäckchen.

»Hast du überhaupt schon was gegessen?«, fragte Marla.

»Ja, Mami«, stöhnte Rike. Sie verteilte Tabakbrösel auf einem Papierchen, drehte es zu einer dünnen Zigarette und hielt es Marla unter die Nase. »Das hier ist allerhöchstens eine halbe, okay?«

Marla seufzte ein zweites Mal, sagte aber nichts, weil es sowieso sinnlos war. Außerdem kam sie sich allmählich blöd vor, Rike dauernd auf ihre Laster hinzuweisen.

»Und jetzt hörst du mir bitte genau zu«, sagte die Freundin, nachdem sie ihre Selbstgedrehte angezündet und einen tiefen Zug genommen hatte. »Ich sage es nämlich nur ein Mal«, betonte sie, blies den Rauch zur Seite aus und sah Marla ernst in die Augen. »Wenn du dir Elias durch die Lappen gehen lässt, bist du ziemlich bescheuert. Du hast schon einige gute Typen verpasst, darunter Gereon. Wenn du jetzt nicht zuschlägst, wirst du noch als alte Jungfer enden. Und das wäre wirklich jammerschade.«

Marla schüttelte halb verwundert, halb belustigt den Kopf. »Ich lege eben Wert darauf, dass es boing macht«.

»Darauf wartest du schon viel zu lange«, entgegnete Rike. Sie legte ihre Zigarette in den Ascher und umfasste Marlas Hände. »Bitte ruf ihn an!«

»Wie denn? Ich habe seine Nummer wirklich nicht.«

Rike stöhnte. »Typisch. Aber zum Glück gibt es ja gute Freunde, die das für einen erledigen.«

»Was willst du damit sagen?«

»Dass ich die Nummer habe.« Rike sprang auf, lief eine Weile fluchend durch die Wohnung und kam schließlich mit ihrem lila Lederbeutel in die Küche zurück. »Er lag unter dem Sessel im Wohnzimmer«, erklärte sie kopfschüttelnd, während sie darin herumwühlte. »Keine Ahnung, wie er da hingekommen ist.«

»Du hast Elias also seine Handynummer abgeschwatzt?« Marla fasste es nicht. »Doch wohl nicht, um sie mir zu geben.«

»Da ist sie!«, stieß Rike hervor. Sie ließ den Beutel zu Boden gleiten und hielt Marla einen kleinen abgerissenen Zettel hin. »Ist doch egal, oder?«, meinte sie.

»Nicht, wenn du sie für dich wolltest«, sagte Marla. Sie nahm den Zettel entgegen, blickte auf die Zahlen, und plötzlich schlug ihr Herz ein paar Takte schneller.

»Klar wollte ich sie für mich«, gab Rike ohne Umschweife zu. »Aber was soll's, Elias will nun mal dich. Und da du meine liebste Freundin bist, werde ich den Teufel tun und dir diesen Vorteil voreilig streitig machen. Also ruf ihn an.«

»Jetzt?«

»Natürlich jetzt.«

»Aber ich bin doch noch gar nicht …«

Rike lachte auf. »… geduscht, oder was?« Sie drückte ihre Zigarette aus. »Himmel noch mal, Marla, hast du neuerdings ein Geruchshandy?«

Marla sah ihre Freundin an. »Ich kann das nicht. Ich muss erst frühstücken, duschen …«

»… die Wohnung aufräumen und putzen, deine Mutter anrufen, deinen Vater besuchen, Gereon, Chloe, Karen, Nora und Tom fragen, ob sie letzte Nacht auch gut nach Hause gekommen sind«, zählte Rike auf und nickte eifrig.

»Du bist gemein«, sagte Marla.

»Falsch«, sagte Rike. »Ich bin zur Abwechslung schon wieder ehrlich.« Sie fischte ihr Handy aus dem Lederbeutel und schob es Marla hin. »Und jetzt rufst du ihn an.«

»Er ist bestimmt noch nicht wach.«

»Schon möglich«, erwiderte Rike. »Vielleicht sitzt er aber auch gerade auf dem Klo. Egal. Er freut sich halb tot, wenn er deine Stimme hört.«

»Quatsch.«

»Wetten?«

»Ach, hör schon auf.« Marla schlug das Herz bis zum Hals. Rike machte sie ganz kirre. »Ich finde ihn gar nicht so toll.«

»Lügen steht dir nicht«, sagte Rike trocken. »Aber das erwähnte ich ja bereits.«

»Ich lüge nicht.«

»Doch, dir selbst was vor.«

»Das ist nicht wahr!«, rief Marla empört.

Rike kniff die Augen zusammen. »Ende der Diskussion! Ich zähle jetzt bis drei. Und wenn du bis dahin nicht seine Nummer gewählt hast, mach ich es.«

»Machst du nicht!«

»Eins …«

»Rike, jetzt lass diesen Unsinn!«

»Zwei …«

»Verdammt noch mal, warum darf ich das nicht selbst entscheiden?«

»Drei«, sagte Rike. Sie beugte sich über den Tisch und riss Marla den Zettel aus den Fingern. Dann schnappte sie sich ihr Handy und tippte die Nummer ein.

Marla starrte ihre Freundin an. Sie spürte, wie ihre Wangen zu glühen anfingen.

Rike sah auf das Display, nickte und führte das Handy zum Ohr.

»Rike, lass es!«, zischte Marla. »Was willst du ihm denn sagen?«

»Gar nichts«, erwiderte Rike zufrieden lächelnd und hielt Marla das Handy hin. »Reden musst du schon selber.«

Marla stockte der Atem. Ganz unvermittelt fühlte sie Elias' geschmeidige Bewegungen so körpernah, als ob sie gerade mit ihm tanzte. Sie spürte sogar, wie sein Kuss auf ihren Lippen gebrannt hatte. Ihr Verstand musste ausgesetzt haben! Und dabei hatte sie sich so sehr darum bemüht, einen klaren Kopf zu bewahren.

»Hey …!« Rikes Stimme riss sie aus ihren Gedanken. Mit zitternden Fingern ergriff Marla das Handy und führte es zum Ohr. Sie hörte, wie das Blut in ihrer Schläfe pulsierte. Was soll ich denn sagen?, dachte sie, da merkte sie, dass nicht Elias persönlich am anderen Ende war, sondern nur seine Mailbox. »… freue ich mich über eine Nachricht nach dem Signal«, hörte sie ihn sagen.

Marla atmete auf. »Ja«, sagte sie. »Hallo. Hier ist Marla. I-ich wollte mich einfach mal melden, hören, ob du gut nach Hause gekommen bist. Und wie es bei deinem Freund war und so … Ja, also, vielleicht hast du Lust, mich anzurufen …? Bis dann …«

Rike nahm Marla das Handy aus der Hand und kappte die Verbindung. »Das reicht«, sagte sie und wedelte lachend mit der Hand. »Mannomann, das Ding ist vielleicht heiß. Ich wette, du hast eine momentane Körpertemperatur von mindestens achtundvierzig Grad.«

»Dann wäre ich jetzt tot«, sagte Marla.

Rike zuckte die Schultern. »Verliebt sein ist doch auch manchmal wie Sterben«, meinte sie beiläufig und bückte sich nach ihrem Lederbeutel. Bevor sie das Handy hineingleiten ließ, begann sie erneut darin herumzuwühlen. »Sag mal, weißt du, wo mein Schlüssel ist?«, fragte sie. »Eigentlich müsste er hier drin sein.«

Marla schüttelte ungläubig den Kopf und taxierte den bunten Haufen aus Schminksachen, Geldbörse, Puderdose, Ketten, Haarspangen, Kaugummis und Adressbüchlein, den Rike soeben auf dem Küchenboden entleert hatte. »Du und dein Schlüssel«, sagte sie und lachte.

Im Laufe der Woche

Nachdem sie am Sonntag nichts mehr von Elias gehört hatte, wurde Marla zunehmend nervöser. In der Nacht zu Montag fand sie überhaupt keinen Schlaf. Sobald sie die Augen schloss, sah sie ihn. Seine strahlenden Augen, seine geraden weißen Zähne, sein Lächeln. Sie sah, wie Elias mit seinen Bällen jonglierte und wie er sich aus Rikes Sideboard schälte, und mit jedem Bild der Erinnerung wünschte Marla sich sehnlicher, dass er sie endlich anrief. Zunächst hatte sie sich noch damit zu beruhigen versucht, dass ihre Mutter angerufen und sie eine Stunde über den Verlauf der Party ausgefragt hatte. Vielleicht hatte Elias es genau in dieser Zeit versucht und sie nicht erreichen können. Doch dann war ihr eingefallen, dass sie von Rikes Handy aus telefoniert hatte, also nur deren Nummer in seinem Handy gespeichert sein konnte. Gleich morgens hatte sie die Freundin danach gefragt, aber Rike hatte nur lapidar geantwortet: »Süße, das hätte ich dir schon gesagt.«

»Auch keine SMS?«

»Nein.« Rike hatte nur den Kopf geschüttelt und ihre Freundin eingehend gemustert. »Du hast nicht eine Sekunde geschlafen, stimmt's?«

»Stimmt.«

»Aber verliebt bist du nicht?«

Marla hatte sich wieder einmal einen Kommentar verkniffen. Sie hatte Rike nur die Zunge herausgestreckt und sich anschließend eine Viertelstunde unter die Dusche gestellt und abwechselnd heißes und eiskaltes Wasser über ihren Körper rauschen lassen. Ihr Kreislauf war tatsächlich einigermaßen in Schwung gekommen, doch bereits in der kurzen Frühstückspause hatte sie wieder zu gähnen begonnen und den Montag im Reisebüro mehr schlecht als recht hinter sich gebracht. Ihr Chef, der von ihrer Party wusste, hatte sie hin und wieder verstohlen von der Seite angesehen, aber zum Glück nichts gesagt. Solange sie keinen Fehler machte, würde er ihr ohnehin nichts anlasten können.

Gleich nach der Arbeit war sie nach Hause geeilt und eine Weile um Rike herumscharwenzelt, bis diese endlich ganz nebenbei gemeint hatte: »Er hat nicht angerufen. – Auch keine SMS.«

Marla hatte genickt und war in ihr Zimmer gegangen, um sich mit Kartonsauspacken die Zeit zu vertreiben, doch die Enttäuschung und die Müdigkeit hatten ihr alle Energie geraubt, sodass sie schon bald auf ihre Matratze gesunken und eingeschlafen war.

Auch am Dienstag und Mittwoch meldete sich Elias nicht. Rike versuchte Marla zu trösten, aber das half nicht viel. Erstens konnte Marla die Berührungen ihrer Freundin nicht ertragen, und zweitens hatte sie das Gefühl, dass Rike es letztendlich sehr recht war, dass Elias nicht anrief. Bestimmt rechnete sie sich immer noch Chancen bei ihm aus. Und dafür konnte Marla ihr noch nicht einmal böse sein.

»Ich hab doch gleich gewusst, dass er ein Arsch ist«, sagte sie am Abendbrottisch.

»Ja, da oben.« Rike tippte sich an die Schläfe. »Verknallt hast du dich trotzdem.«

»Ja super! Und was bringt mir das?«

»Zumindest ein paar Kilo weniger, wenn du so weitermachst«, sagte Rike und biss genüsslich in ihre Abendbrotschnitte, die sie üppig mit Mayonnaise, Käse und Gurkenscheiben versehen hatte. »Dabei hast du's gar nicht nötig.«

»Du hast doch selber gesagt, verliebt sein ist wie Sterben.« Marla versuchte spöttisch zu klingen, doch stattdessen stiegen ihr die Tränen in die Augen.

»Och, Schatzimausi!« Rike pflanzte sich mitsamt ihrer Gurkenstulle auf Marlas Schoß, schlang ihr den Arm um den Hals und drückte ihr einen Mayo-Kuss auf die Wange. »Halt noch ein bisschen durch, ja ...? Wenn du bis spätestens Samstagabend nichts von ihm gehört hast, werde ich dir ein Transparent pinseln, auf dem es schwarz auf weiß steht ...« Sie schwenkte die Gurkenschnitte durch die Luft. »Elias ist ein Riesenarsch, dahinter zehn Ausrufezeichen. Und dann laufen wir zwei mit dem Teil durch die Stadt, damit es auch alle wissen.«

Marla grinste. »Du bist blöd.«

»Ich weiß«, sagte Rike. Sie wechselte auf ihren Stuhl zurück, versah eine weitere Brotscheibe nun mit Frischkäse, Tomaten- und Gurkenscheiben und zwang ihre Freundin, die Schnitte zu essen. »Und deshalb möchte ich bis Samstagabend nichts mehr zu diesem Thema hören. Wenn du dann immer noch drüber reden willst, bin ich die ganze Nacht für dich da, okay?«

Marla nickte und litt bis Freitagnachmittag still vor sich hin. Ab und zu musste sie die Tränen unterdrücken und sich zur Vernunft ermahnen. Vielleicht hatte Elias ja längst eine andere kennengelernt, die sich weniger spröde aufgeführt hatte als sie. Dann hatte sie es eben vermasselt, wie Karen sagen würde, je nachdem, aus welcher Perspektive man es betrachtete. Natürlich hatten sich auch Chloe, Nora und Karen dafür interessiert, wie die Geschichte mit dem *schönen Akrobaten* weitergegangen war, doch Marla hatte die Freundinnen nur mit knappen Antworten abgespeist. Die Letzte, die sich am Freitag in der Mittagspause noch einmal zu diesem Thema ausließ, war Karen, deren Unterricht nach der vierten Stunde überraschend ausgefallen war und die die Freistunden nutzte, um Marla im Reisebüro zu besuchen.

»Da ist gar nichts«, trichterte die ihrer Freundin ein. »Elias ist ein netter Typ und weiter nichts.«

»Nett? Ich habe mit eigenen Augen gesehen, dass er dich geküsst hat!«

»Nicht nur du«, erwiderte Marla. Sofort erinnerte sie sich an den Geschmack von Elias' Lippen. Ihr Puls beschleunigte sich, und sie hatte Mühe, sich ihre Erregung nicht anmerken zu lassen. »Das Entscheidende ist nur: Es war kein richtiger Kuss.«

»Aha«, sagte Karen.

»Es war ein Kuss, den auch du mir hättest geben können«, spielte Marla die Sache herunter. »Verstehst du, dieser Kuss war ohne jede Anspielung.«

»Hm«, machte Karen. »Vielleicht wollte er nicht gleich mit der Tür ins Haus fallen.«

»Wenn es ihm ernst wäre, hätte er sich doch längst gemeldet«, sagte Marla.

»Hm«, machte Karen abermals. »Schade finde ich es schon. Ihr hättet so gut zusammengepasst. Ich hoffe, du hast dir nichts ausgerechnet.«

»Nein, nein«, wiegelte Marla ab, und zum Glück gab Karen sich damit zufrieden. Jedenfalls wechselte sie nun das Thema und begann sich ausgiebig über die Macken ihrer Biologielehrerin auszulassen.

In den Nachmittagsstunden gaben sich die Kunden die Klinke in die Hand. Offenbar hatte das anhaltend schöne Wetter bei vielen Menschen die Reiselust geweckt. Während Marla einem älteren Ehepaar einen Italien-Prospekt zeigte, fiel ihr plötzlich Stefan wieder ein. Sie wunderte sich, dass auch er die ganze Woche nicht vorbeigeschaut hatte, und stellte zugleich fest, dass sie eher froh darüber war.

Als Marla um kurz nach halb sieben endlich das Reisebüro verließ, bemerkte sie ihren Vater auf der anderen Straßenseite. Er stand vor dem Schaufenster des Elektrowarengeschäfts und schaute unschlüssig zu ihr herüber.

Marlas Herz hüpfte. Sie freute sich, ihn zu sehen. Einerseits. Andererseits ahnte sie, was sein Auftauchen bedeutete. Und so blieb sie genauso unschlüssig stehen wie er und wartete ab, was er tun würde.

Bernhard Hofner hob die Hand und winkte. Dann trat er an die Kante des Bürgersteigs, schaute nach rechts und nach links und überquerte schließlich die Straße.

»Hallo, mein Kind.«

Er machte Anstalten, Marla auf die Wange zu küssen,

doch sie wandte den Kopf zur Seite und sagte: »Hallo, Pa.«

»Wie geht es dir?«

»Gut.«

»Wirklich? Du siehst blass aus.«

»Schon möglich«, sagte Marla. »Der Umzug war anstrengend. Wir haben die Wohnung im Turbogang renoviert. Im Moment bin ich noch dabei, meine Sachen auszupacken und einzuräumen.«

»Ich hoffe, du übernimmst dich nicht«, sagte Bernhard Hofner.

»Ach was.« Marla machte eine abwinkende Geste. »An diesem Wochenende werde ich mich gründlich ausschlafen, und ab Montag bin ich dann wieder fit.«

»Nun ja, wir werden sehen.« Bernhard Hofer fuhr sich durch die dunklen Locken und musterte seine Tochter abschätzend.

Marla spürte, wie diese nagende Wut in ihr aufstieg, die sie nur ihm gegenüber empfand. Früher hatte ihr Vater sie in allem, was sie tat, bedingungslos unterstützt, erst in den letzten beiden Jahren, in denen sie zunehmend selbstständiger geworden war, war sein Verhalten ihr gegenüber ins genaue Gegenteil umgeschlagen.

»Ach, du willst doch bloß, dass ich zu dir zurückkomme«, stieß sie hervor.

»Was ist daran so verkehrt?«

»Alles.«

Bernhard Hofner atmete geräuschvoll ein. »Gib's zu, deine Mutter hat dich aufgehetzt!«

»Du kapierst wirklich gar nichts«, fuhr Marla ihn an.

Ein hagerer, alter Mann, der in diesem Augenblick an ihnen vorbeiging, lüpfte seinen Hut.

»Musst du so rumschreien?«, zischte ihr Vater, nachdem der alte Mann außer Hörweite war. »Wir sind hier schließlich nicht allein.«

»Ich hab nicht davon angefangen«, sagte Marla kühl. »Und wenn du nur aus dem Grund hergekommen bist, mich zu belabern, dann kannst du …« Sie verkniff sich die letzten Worte. Schließlich wollte sie ihren Vater nicht verletzen. Sie wollte nur, dass er sie in Ruhe ließ. »Ich brauche einfach ein bisschen Zeit, okay?«, sagte sie stattdessen. »Schließlich könnte ich auch bei Ma wohnen.«

Ihr Vater senkte den Kopf. Schweigend gingen sie ein paar Schritte nebeneinanderher. Schließlich blieb Bernhard Hofner stehen. »Ich sehe schon«, sagte er. »Es hat keinen Sinn. In diesem Alter ist man wohl ein wenig störrisch. Aber ich habe Zeit. Ich werde geduldig warten, bis du wieder zur Vernunft gekommen bist. Früher oder später wirst du einsehen müssen, dass es eine falsche, eine viel zu emotionale Entscheidung war, mit dieser Verrückten zusammenzuziehen und …«

Marla hatte keine Lust mehr, ihm noch weiter zuzuhören. »Ciao, Pa«, sagte sie, beschleunigte ihren Schritt und ließ ihn einfach stehen. Erst nachdem sie in die nächste Querstraße eingebogen war, wurde ihr bewusst, was er gesagt hatte. *Ich habe Zeit. Ich werde geduldig warten, bis du wieder zur Vernunft gekommen bist.*

Die Sache mit dem Sorgerecht und der Kontrolle vom Jugendamt schien also vom Tisch zu sein.

»Und?«, hörte sie Rike fragen. »Hast du heute Abend was vor?«

Marla hängte ihre Jacke an die Garderobe und ging in die Küche. »Ist das hier dein neuer Lieblingsort?«, fragte sie verwundert, denn sie hatte niemals damit gerechnet, dass ihre Freundin so viel Zeit mit Essenzubereiten und Abspülen verbringen würde.

Rike, die am Küchentisch saß und dabei war, eine riesige Plastikschüssel mit Salatblättern, Zucchinischeiben und anderem Grünzeug zu bestücken, hob die Schultern. »Stört's dich?«

»Überhaupt nicht.« Marla trat hinter ihre Freundin und warf einen Blick auf den Salatberg. »Hast du jemanden eingeladen?«

»Nein. Ich habe einfach bloß Hunger auf Salat. Und da dachte ich, wir machen uns einen gemütlichen Abend zu zweit.«

»Er hat sich also immer noch nicht gemeldet«, sagte Marla. Sie ließ sich auf ihren Stuhl sinken und blickte vor sich hin. »Vielleicht ist er ja schwul.«

Rike sah sie überrascht an. »Noch gut vierundzwanzig Stunden und du darfst dir gerne einreden, dass es so ist«, erwiderte sie und schob Marla ein Brett und ein Messer hin. »Ich habe übrigens nie behauptet, dass ich den Küchendienst für immer und ewig alleine ableiste.«

»Hat ja auch keiner verlangt.« Marla ergriff eine Tomate und schnitt sie sorgfältig in feine Spalten. »Ehrlich gesagt wäre es mir mittlerweile tatsächlich am liebsten.«

»Was? Dass Elias schwul ist?« Rike lachte. »Glaubst du, dann tut es weniger weh?«

»Es tut ohnehin nicht besonders weh«, behauptete Marla. Die Woche vergeblichen Wartens hatte sie irgendwie abgestumpft. Sie kannte dieses Gefühl noch sehr gut aus der Zeit, als sie sich bezüglich Gereon Hoffnungen gemacht und sich zugleich eingeredet hatte, dass sie gar nicht richtig in ihn verliebt war.

»Ja dann«, sagte Rike. Plötzlich hob sie lauschend den Kopf. »War da nicht was?«

»Wo?«

»An der Tür.« Rike ließ das Messer fallen und ging in den Flur. Marla folgte ihr zögernd. »Was hast du denn gehört?«

»Ein Poltern«, sagte Rike, »so als ob jemand gegen die Wohnungstür gedonnert wäre …«

»Oder einfach geklopft hätte?«, fragte Marla. Sie ging an Rike vorbei, um nachzuschauen, ob vielleicht jemand im Treppenhaus stand, da sah sie, dass auf dem Boden vor der Tür ein weißer Umschlag lag. Sie hob ihn auf und hielt ihn Rike hin. »Von wem könnte der sein?«

»Was weiß ich!« Rike riss die Tür auf. Im Flur waren Schritte zu hören. »Hey! Wer ist denn da?«

In diesem Moment schlug die Haustür zu.

»Eliiias?«

»Der hätte doch geklingelt«, sagte Marla. Sie stand hinter der Freundin und betrachtete immer noch stirnrunzelnd den Umschlag.

»Vielleicht hatte er keine Zeit«, meinte Rike. »Mist, dass wir kein Fenster zur Straße raus haben.« Sie nahm Marla den Umschlag aus der Hand, zog eine Karte heraus, auf der ein Einradfahrer abgebildet war, der einen Blumenstrauß schwenkte, und überflog den Text. »Tatsächlich für dich«, sagte sie und gab sie Marla zurück.

Hast du Lust auf Tapas?

stand in feiner, sauberer Schrift darauf zu lesen.

Dann komm doch morgen Abend um neunzehn Uhr zum Spanier in der Blumengasse/Ecke Regentenstraße. Ich freue mich.

»Wie kommst du darauf, dass sie für mich sein soll?«, fragte Marla.

Rike schüttelte den Kopf. »Für wen sonst? Bei mir läuft im Moment doch gar nichts.«

»Vielleicht hast du einen heimlichen Verehrer.«

»Leute wie ich haben keine heimlichen Verehrer«, erwiderte Rike. »Ich bin fürs Direkte, und das spüren die Typen sofort.«

Marla strich mit den Fingerkuppen über die Schrift. »Ist mit Füller geschrieben.«

»Das passt zu Elias«, sagte Rike. Sie ging hinter Marla in die Wohnung zurück und drückte die Tür zu.

»Findest du?«

»Ja, die Schrift und dann das Foto von diesem Artisten … Ich wüsste nicht, wer die Karte sonst geschrieben haben sollte.« Rike sah Marla nachdenklich an. »Allerhöchstens Gereon«, sagte sie schließlich. »Das würde auch erklären, wieso er nicht geklingelt hat.«

»Das ist doch Blödsinn«, protestierte Marla. »Gereon hat noch nie …«

»Bisher«, unterbrach Rike sie lächelnd. »Vielleicht hat er auf der Party gesehen, wie begehrt du bist. Und plötzlich hat er Angst, dass ihm doch noch die Felle davonschwimmen.«

Marla schüttelte den Kopf. »Glaub ich nicht.« Den Blick weiter auf die Karte geheftet, ging sie in die Küche zurück und stieß sich beinahe den Kopf am Türrahmen.

»Na ja, ist ja auch egal«, sagte Rike. »Spätestens morgen Abend weißt du, wer hinter der Einladung steckt.«

»Gereon bestimmt nicht«, meinte Marla.

»Das sagst du doch nur, weil du hoffst, dass du den Abend mit Elias verbringen wirst.«

Marla lächelte matt. »Ja, vielleicht.« Sie ließ sich auf ihren Stuhl sinken und schaute unschlüssig auf die Tomatenspalten.

»Ich wette, er ist es«, sagte Rike. Sie drückte Marlas Handgelenk. »Irgendwie hab ich das im Gefühl.«

Samstag

Marla hätte sich zu gerne auf Rikes Gefühl verlassen, aber sie vertraute lieber ihrem Kopf. Und so verbrachte sie wieder einmal die halbe Nacht mit Grübeln. Am meisten beschäftigte sie die Frage, was sie tun sollte, wenn tatsächlich Gereon beim Spanier auftauchte. Klartext reden? Ihm sagen, dass es eine Zeit gegeben hatte, in der sie ihn nur zu gerne geküsst hätte, die nun aber vorbei war? Und wenn er ihr gestand, dass er immer noch in sie verliebt war? Sollte sie es dann mit ihm versuchen? Jetzt, nach über drei Jahren? – Nein! Sie würde sich nicht einmal von ihm zum Essen einladen lassen. Nur wenn sie sich ganz eindeutig verhielt, konnte sie ihre alte Freundschaft retten. Und daran lag ihr wirklich viel.

In den frühen Morgenstunden schlief Marla endlich ein. Im Traum irrte sie durch enge, verwinkelte Gassen. Sie wusste nicht, wohin sie lief, spürte nur eine tiefe innere Verzweiflung darüber, dass sie ihr Ziel nicht kannte. Einmal glaubte sie, Rike in einem Hauseingang zu sehen, wie sie dort Elias an sich zog und ihr Gesicht in seiner Halsbeuge vergrub, damit Marla sie nicht erkannte. Im nächsten Augenblick drang ein durchdringendes Piepen in ihr Ohr, das sie von Rike und Elias ablenkte. Es dauerte eine Weile, bis sie kapierte, dass es ihr Handy war.

Gewaltsam riss Marla die Augen auf. Ihr war schwindelig, und sie fühlte sich seltsam schwer. Das durchdringende Piepen brach ab. Marla drehte sich auf die Seite und warf einen Blick auf ihren Wecker. Es war noch nicht mal halb sechs. Himmel noch mal! Welcher Idiot wagte es, sie am Wochenende so früh anzurufen? Sie musste sich unbedingt einen anderen Klingelton einstellen, einen angenehmen, einen, den man im Schlaf nicht als Wecksignal wahrnahm. Noch besser – und gesünder – wäre es allerdings gewesen, wenn sie das Handy über Nacht ausgeschaltet hätte.

Marla drehte sich stöhnend auf den Rücken zurück, kuschelte sich in ihre Bettdecke und schloss die Augen. Eigentlich kann es nur Pa gewesen sein, schoss es ihr durch den Kopf. Oder Ma.

Marla warf die Decke zurück und stand von der Matratze auf. Ihre Umhängetasche lag auf dem Drehstuhl. Sie holte das Handy heraus und sah ihre Nachrichten durch. Die alten SMS von Nora und Karen hatte sie noch nicht gelöscht. Neu war eine Anfrage ihrer Mutter, die sie gegen Mitternacht geschickt hatte.

können wir uns sonntag zum kaffee sehen?

Nein, dachte Marla. Aber sie würde wohl schlecht absagen können, schließlich war sie auf die Unterstützung ihrer Mutter angewiesen. Ihre Ausbildungsvergütung reichte nicht, um ihren Mietanteil und den restlichen Lebensunterhalt zu bestreiten.

vielleicht, schrieb sie zurück. *lass uns sonntagmittag kurz telefonieren.*

Außerdem war tatsächlich um 05:27 Uhr ein Anruf registriert. Die Nummer kannte Marla nicht. Gereon konnte es also nicht gewesen sein. Und Elias? Der hatte ihre Nummer ja gar nicht. Und wenn doch? Na ja, vielleicht würde sie ihn heute Abend danach fragen. Wenn sie tatsächlich hinging. Im Moment war Marla sich dessen nicht mehr so sicher.

»Aber klar gehst du«, sagte Rike einige Stunden später, als sie gemeinsam das Regal im Wohnraum mit Büchern und Zierrat bestückten.

»Warum hat er seinen Namen nicht druntergeschrieben?«, fragte Marla, während sie in ihrem alten Schulatlas blätterte und überlegte, ob sie ihn nicht doch lieber in ihrem eigenen Zimmer behalten wollte.

»Vielleicht geht er davon aus, dass du weißt, dass die Karte nur von ihm sein kann«, erwiderte Rike.

»Dann ist er wirklich arrogant.«

»Ja, vielleicht.« Rike seufzte. »Und jetzt hör endlich auf, darüber nachzudenken! Lass dich doch einfach mal treiben.«

Marla lachte. »Dann würde ich zu Hause bleiben.«

»Oder ich gehe an deiner Stelle«, meinte Rike.

»Nee«, sagte Marla. Sie klappte den Atlas zu und legte ihn auf den Stapel mit Büchern, von denen sie sich noch nicht so recht trennen wollte. »Echt jetzt?«

»Ja, im Ernst«, sagte Rike. »Ich könnte ihm sagen, was du von ihm hältst und dass er sich schon was richtig originell Selbstloses einfallen lassen müsste, wenn er dich erobern will.«

»Ja, ja! Und ihm dann verklickern, dass er es mit dir viel leichter hätte.«

»Immerhin könnte ich so herausfinden, ob er es ernst mit dir meint«, sagte Rike.

»Und dir einen weiteren Korb einfangen?«

Rikes Miene wurde ernst. »Wahrscheinlich«, sagte sie. »Ich hab ja vor einer Woche schon einen kassiert.« Sie stellte zwei schmale rote Kolbenvasen auf eins der oberen Regalbretter und verschwand im Flur.

Als sie kurz darauf zurückkam, trug sie ein paar von Marlas Kleidungsstücken über dem Arm. »So«, sagte sie und hielt das glänzende rote T-Shirt mit den Dreiviertelärmeln und dem weiten Ausschnitt hoch. »Das ziehst du an.«

»Aber Rike«, protestierte Marla. »Du weißt genau, dass ich das Shirt nicht mag.«

»Das stimmt nicht«, widersprach Rike. »Es ist dir bloß zu rot. Ich finde allerdings, dass es dir ganz hervorragend steht«, fuhr sie fort, während sie es auseinanderfaltete und sich selbst vor den Oberkörper hielt. »Und Elias wird garantiert drauf abfahren. Es ist wirklich jammerschade, dass du es nicht trägst.«

»Ich schenk's dir«, sagte Marla.

Rike schüttelte den Kopf. »Nein«, sagte sie entschieden. »Du wirst es heute anziehen. Vorher nimmst du ein Bad, und anschließend werde ich dich frisieren und schminken. Ich möchte, dass du schlicht umwerfend aussiehst.«

Als Marla um kurz nach halb sieben auf den Bürgersteig hinaustrat, sah sie tatsächlich toll aus. Rike hatte sich wirklich Mühe gegeben, es nicht zu übertreiben, und einfach nur mit ein paar gekonnten Farb- und Pinselstrichen die Vorzüge in Marlas Gesicht betont. Am Ende hatte sie zugeben müssen, dass das kräftige Rot des Oberteils überhaupt nicht zu dem dezenten Make-up passte, und legte das T-Shirt bereitwillig als Leihgabe in ihren eigenen Kleiderschrank.

»Geschenkt will ich es nicht«, hatte sie erklärt. »Du kannst es jederzeit zurückbekommen.« – Typisch Rike! Mit Bescheidenheit hatte das allerdings wenig zu tun. Vielmehr steckte der starke Wille dahinter, ihr Leben durch und durch selbst zu gestalten. Bezeichnenderweise gestand sie anderen diese Freiheit nicht zu, sondern versuchte immer wieder, sich in die Angelegenheiten ihrer Freunde einzumischen. Marla war nicht böse darum. Sie mochte Rikes Power, und sie profitierte schließlich davon. Ohne den Einsatz ihrer Freundin hätte vielleicht sogar Ma gezögert, ihre Tochter jetzt schon ausziehen zu lassen.

Marla überquerte die Straße und lief auf die Bushaltestelle zu. Bis zur Regentenstraße waren es fünf Stationen, eine Strecke, die sie unter normalen Umständen zu Fuß gelaufen wäre. Doch heute wollte sie auf keinen Fall Schwitzflecken riskieren oder die mit unzähligen kleinen Nadeln kunstvoll aufgesteckte Frisur gefährden.

Nachdem es tagsüber wieder sehr warm und sonnig gewesen war, blies nun ein kühler Wind, der dünne grauweiße Wolken über den fahlblauen Himmel trieb. Marla war froh, dass sie den knielangen dunkelgrünen Strickcardigan übergezogen hatte. Darunter trug sie die Jeans, die Rike ausgesucht hatte, ein einfaches dunkelblaues T-Shirt und eine doppelreihige Kette aus unterschiedlich großen Glasperlen in verschiedenen Blautönen.

Der Bus ließ nicht lange auf sich warten, und je näher Marla der Regentenstraße kam, desto nervöser wurde sie. Kurz bevor sie aussteigen musste, piepte ihr Handy. Marla ärgerte sich, dass sie den Klingelton noch nicht geändert hatte. Sie zog es hervor und meldete sich. Es war Gereon.

»Hey«, sagte Marla überrascht.

»Hast du Lust auf Kino?«, fragte er. »Donnerstag ist doch dieser Spielberg-Schocker angelaufen, und ich dachte …«

»Gereon …!«

»Ja, ich weiß, du magst keine Schocker. Aber Spielberg hat Regie geführt. Er ist also anspruchsvoll.«

»Gereon, ich bin schon verabredet«, sagte Marla. Der Bus hielt, sie sprang auf, lief zur Mitteltür und hastete auf den Bürgersteig.

»Was schnaufst du denn so?«, fragte Gereon. »Ich hab dich doch nicht etwa mitten …«

»In diesem Fall würdest du dich jetzt mit meiner Mailbox unterhalten«, sagte Marla lachend. Sie war schrecklich erleichtert. Die anonyme Karte stammte eindeutig nicht von Gereon, und außerdem schien ihm die Vorstellung, dass sie möglicherweise gerade mit einem Typen im Bett lag, nicht besonders zuzusetzen.

»Ist es der Jongleur?«, fragte er nun.

»Nein … Doch …« Marla druckste. »Ehrlich gesagt, ich weiß es nicht.«

»Ob es was Ernstes wird?«

»Ja, das auch.«

»Okay«, sagte Gereon. »Kino dann vielleicht ein andermal. Oder bin ich jetzt komplett abgemeldet?«

»Natürlich nicht«, sagte Marla.

»Ja … also … dann viel Spaß und so.«

»Tschüs, Gereon«, sagte Marla und beendete damit das Gespräch. Ihre Nervosität war verflogen. Es hatte ihr gutgetan, mit Gereon zu reden. Manchmal war er so wunderbar unkompliziert.

Lächelnd schob sie das Handy in die Umhängetasche zurück und warf einen Blick auf ihre Uhr. Es war zehn vor sieben. Die Blumengasse lag unmittelbar vor ihr. Marla war also früh dran. Rike hatte ihr eingeschärft, auf jeden Fall ein paar Minuten zu spät zu kommen.

»Er hat dich eingeladen, deshalb muss *er* pünktlich sein und nicht *du*. Je später du kommst, umso interessanter bist du für ihn«, hatte sie zum Abschied gesagt. »Aber du darfst es auch nicht übertreiben. Nicht mehr als zehn Minuten, okay?«

»Okay«, hatte Marla gesagt, Rikes Empfehlung jedoch gleich wieder in den Wind geschlagen. Für sie kam es überhaupt nicht infrage, dass sie absichtlich unpünktlich war. Marla konnte Unzuverlässigkeit nicht ausstehen. Bei anderen sah sie manchmal großzügig darüber hinweg, besonders bei Rike, an sich selbst hatte sie diesbezüglich jedoch weitaus höhere Ansprüche. Jetzt allerdings, als sie das kleine spanische Restaurant namens EL HIERO erspähte, fand sie Rikes Tipp gar nicht mehr so verkehrt. Wenn sie sich gut positionierte, konnte sie das Lokal im Auge behalten und würde bereits wissen, wer sie dort erwartete.

Der etwas zurückliegende Eingang eines Bürohauses schräg gegenüber erschien Marla ideal für diesen Zweck. Sie wartete die nahende Straßenbahn ab, doch als weder Elias noch sonst jemand ausstieg, den sie kannte, überquerte sie eilig die Straße und verbarg sich im Schutz des Bürohauseingangs.

Um drei Minuten nach sieben war Elias immer noch nicht da, und Marlas Nervosität nahm wieder zu. Er war also auch nicht pünktlich. Sie versuchte, diesen Umstand damit zu entschuldigen, dass sein Bus oder seine Bahn Verspätung oder sein Fahrrad einen Platten hatte, trotzdem war sie wütend. Und enttäuscht. Warum spielte er mit ihr?

Wenn er sie schon darüber im Unklaren ließ, ob er wirklich Elias war, dann hätte er sich doch wenigstens bemühen können, rechtzeitig im EL HIERO zu sein!

Marla sah nun alle paar Sekunden auf die Uhr. Die Minuten zogen zäh dahin, und dann war es plötzlich acht nach sieben.

Vielleicht ist er ja schon längst da!, schoss es Marla durch den Kopf. Himmel noch mal, sie war vielleicht bescheuert! Benahm sich wie eine Zwölfjährige, die zum ersten Mal verknallt war.

Marla warf einen raschen Blick in die Schaufensterscheibe des Antiquitätengeschäfts, das an das Bürogebäude grenzte, und wischte kurz entschlossen den zartrosa Lippenstift, den Rike ihr verpasst hatte, ab. Diesmal ging sie über den Zebrastreifen, und als sie um neun Minuten und dreiundvierzig Sekunden nach sieben vor der Eingangstür des Spaniers stand, klopfte ihr das Herz bis zum Hals. Sie schloss die Augen, atmete tief ein und drückte die Tür auf. Ein Gemisch aus Wärme, leiser Flamenco-Musik und einer Duftmischung aus Tomaten, Quesadillas, würzigen Hackbällchen, Orangen und Mandeln schlug ihr entgegen.

Marla lief das Wasser im Mund zusammen. Plötzlich hatte sie einen Hunger wie schon seit Tagen nicht mehr.

»Señorina?« Ein junger, glutäugiger Spanier mit großer, kräftiger Nase und üppig geschwungener Oberlippe trat ihr in den Weg und lächelte sie fragend an. »Darf ich um Ihre Jacke bitten?«

»Meine Jacke?« Marla schüttelte den Kopf. »Nein, die möchte ich erst mal anbehalten.«

Der Kellner nickte. Marla reckte den Kopf und versuchte

sich einen Überblick über die Gäste zu verschaffen. Das Lokal war zwar klein, aber verwinkelt. Die meisten Tische standen hinter Wandvorsprüngen oder wurden von Pflanzen verdeckt. Die wenigen, die Marla vom Eingangsbereich aus sehen konnte, waren von Fremden besetzt.

»Sind Sie allein?«, hörte sie den Kellner fragen. »Oder suchen Sie einen Tisch für mehrere Personen?«

Marla zwang sich, ihn anzusehen. »Äh … Nein.«

»Haben Sie vorbestellt?«

»Nein«, sagte Marla. »Das heißt, ich weiß es nicht genau.« Hilflos sah sie den Kellner an, in dessen Miene sich ein Anflug von Ungeduld spiegelte. Zu dumm, dass sie Elias' Nachnamen vergessen hatte! »Ich bin eingeladen worden«, setzte Marla erklärend hinzu. »Von Mister Unbekannt.«

Der Kellner nickte vielsagend. »Blind Date? Für neunzehn Uhr?«

»Ja.«

»Folgen Sie mir bitte.«

Er führte Marla um zwei Ecken herum zu einem kleinen unbesetzten Tisch, der für zwei Personen gedeckt war, und zog einen der beiden Stühle zurück. »Bitte schön.«

Marla setzte sich zögernd, und der Kellner zündete die Kerze an. »Möchten Sie einen Aperitif?«

»Nein, vielen Dank.«

»Darf ich Ihnen die Karte bringen?«

»Nein, ich warte …« Sie warf einen verstohlenen Blick auf ihre Uhr. Es war Viertel nach sieben. Der Kellner deutete eine Verbeugung an und verschwand in den vorderen Teil des Restaurants.

Marla wartete bis kurz vor halb acht. Dann sprang sie von ihrem Stuhl auf und rannte aus dem Lokal.

»Was ist passiert?«, fragte Rike.

Marla schlug die Wohnungstür zu und fiel ihr schluchzend um den Hals. »Er war nicht da.«

»Was?« Rike drückte Marla an sich, schleifte sie ins Wohnzimmer und ließ sich mit ihr auf die Couch fallen. In diesem Moment piepte das Handy.

»Dieser Scheißklingelton!«, fluchte Marla. Wütend wischte sie die Tränen weg und griff in ihre Tasche. Sie drückte die Verbindungstaste. »Hallo.« Niemand meldete sich. »Hallo?«, rief Marla noch mal. »Wer ist denn da?«

Doch die Leitung war wie tot.

»Arschloch!« Marla pfefferte das Handy in ihre Tasche zurück.

»War das Elias?«, fragte Rike.

»Keine Ahnung«, sagte Marla. »*Ich* hab ihm meine Nummer jedenfalls nicht gegeben.«

»Na ja, vielleicht hat Mister Geheimnisvoll sie sich ja irgendwo besorgt«, meinte Rike.

»Und wo?«

Rike deutete über die Schulter. »Zum Beispiel von unserer Pinnwand.«

»Da hängen einige Nummern dran«, wandte Marla ein.

»Er könnte sie abgeschrieben und durchprobiert haben«, erwiderte Rike achselzuckend. »Deine Stimme kennt er ja.« Sie schnappte sich Marlas Umhängetasche, kramte das

Handy wieder hervor und checkte die Nummer des Anrufers. »Unbekannt. – Verdammt noch mal, ich will jetzt wissen, ob er das war.« Sie sah Marla an. »Weißt du, wo der Zettel mit seiner Handynummer ist?«

Marla hob die Schultern. »Ich glaube, er liegt auf meinem Schreibtisch.«

»Du glaubst!«, stöhnte Rike und rannte aus dem Zimmer. Als sie kurz darauf zurückkam, wedelte sie mit dem kleinen abgerissenen Zettel herum. »Der kriegt jetzt was zu hören!«, sagte sie und begann, die Nummer einzutippen.

»Spinnst du!« Marla versuchte, ihr das Handy wegzunehmen, doch Rike drehte den Kopf zur Seite und legte den Finger an ihre Lippen.

Marla seufzte und wartete.

Rike lauschte eine Weile und nahm dann entnervt das Handy vom Ohr. »Er hat's ausgeschaltet. Das Arschloch!«

»Sag ich doch die ganze Zeit.«

»Na ja«, meinte Rike, »oder er musste spontan auflegen, weil ihm was dazwischengekommen ist …«

»Aha!«, fiel Marla ihrer Freundin erhitzt ins Wort. »Und deshalb konnte er wohl auch nicht spontan zum Spanier kommen, spontan vorher absagen oder spontan eine Entschuldigungs-SMS schreiben, he?« Sie tippte sich an die Stirn. »Weißt du was, für mich ist der Fall erledigt. Und zwar endgültig.«

Er hatte es genossen, sie zu beobachten. Das Wissen, dass sie ihm gehorchte, erregte und beruhigte ihn zugleich. Er konnte sie sehen, wann immer er wollte, und über sie wachen, ohne dass sie etwas davon mitbekam. Die Enttäuschung in ihrem schönen Gesicht, als sie das kleine spanische Lokal verließ, hatte ihn tief berührt. Einen Augenblick war die Sehnsucht übermächtig geworden, eine einzige Sekunde hatte er die Kontrolle über sich verloren und war aus dem Schutz des Lieferwagens herausgetreten, doch zum Glück hatte sie ihn nicht bemerkt. Sie war weitergerannt in Richtung Bushaltestelle, und er war ihr unauffällig den ganzen Weg zurück gefolgt. Von der Telefonzelle aus hatte er sie angerufen und völlig atemlos den süßen Klang ihrer Stimme in sich aufgesogen. Es hatte ihm fast das Herz zerrissen, dass er sich ihr ein weiteres Mal verwehren musste und nicht mit ihr reden durfte, aber noch musste sie sich gedulden, noch war er nicht bereit dazu. Einer ernsthaften Beziehung musste man die Chance geben, sich zu entwickeln. Und er musste sich ganz sicher sein, dass sie ihn wirklich wollte, dass sie ihm vertraute und alles verzieh, auch den kleinen Fauxpas mit dem Spanier. Er hatte sie ja treffen wollen. Aber leider war ihm, erst nachdem sie das Lokal betreten hatte, klar geworden, dass dies nicht der passende Ort für eine solche Begegnung war.

Er würde sich etwas anderes einfallen lassen müssen, etwas sehr viel Spezielleres …

3 SONNTAG

Als Marla die Augen aufschlug, war es Viertel vor elf. Ihre Augen brannten, ihr Kopf schmerzte, und ihr Körper fühlte sich an wie Blei. Schwerfällig wälzte sie sich auf die Seite. Ihr Blick fiel auf ihr Handy, das neben der Matratze auf dem Boden lag. Elias hatte noch zweimal angerufen. Um kurz nach neun und um Viertel vor eins. Marla hatte ihn atmen hören. Gesagt hatte er aber nichts. Beim ersten Mal hatte sie einfach aufgelegt, später, in der Nacht, hatte sie ihn angebrüllt. Sein Atem war etwas schneller gegangen, und schließlich hatte er die Verbindung unterbrochen.

»Arschloch«, sagte Marla, fischte ihr Handy vom Boden und löschte seine Nummer aus dem Speicher. Den Zettel, auf dem Rike seine Handynummer notiert hatte, hatte sie bereits gestern in etliche kleine Schnipsel zerrissen und zusammen mit der verwelkten gelben Rose in den Müll geschmissen.

Elias war für sie gestorben. Tot. Tot. Tot.

Marla schob die Decke zurück und setzte sich auf die Matratzenkante. Heute würde sie endlich ihr Bett aufstellen und die restlichen Sachen einräumen. Das würde sie hoffentlich auf andere Gedanken bringen.

Sie sah zur Tür hinüber und überlegte, ob Rike wohl schon auf war. Auf dem Boden lag ein zusammengefalteter Zettel.

Marla beugte sich vor und kroch auf allen vieren zur Tür. Sie strich sich die Haare aus dem Gesicht, hob den Zettel auf und faltete ihn auseinander.

Bitte verzeih mir. Ich konnte nicht kommen.
Melde mich wieder.
Versprochen!

Verdammt, der machte es sich vielleicht einfach! Marla schloss die Finger um den Zettel und knüllte ihn zusammen. Elias war tot, tot, tot!

Nein, er war es nicht. Sie hätte es sich gerne eingeredet, wusste aber, dass es sinnlos war. Marla wollte ihn wiedersehen. Sie musste wissen, warum er sich so merkwürdig verhielt. Wieso rief er sie an, ohne sich zu melden? Was war los mit ihm? Gab es irgendetwas, das ihn daran hinderte, sich mit ihr zu treffen, obwohl er es wollte? Hatte er vielleicht bereits eine Beziehung?

»Rike!«

Marla sprang auf die Füße, öffnete die Tür und lief den Flur entlang. »Rike? Bist du wach?«

Was für eine Frage! Klar war sie wach. Wer sonst hätte Elias' Brief in ihr Zimmer schieben sollen?

»Rike, wo bist du denn?«

Marla schaute in der Küche, im Bad und in den beiden anderen Zimmern nach. Es roch nach frisch aufgebrühtem Kaffee, aber Rike war nicht da. Sonntags um Viertel vor elf! Unfassbar! Wieso nur hatte sie gestern Abend nicht erzählt, dass sie etwas vorhatte?

Kopfschüttelnd lief Marla in die Küche zurück, goss Kaffee in ihre rosa Lieblingstasse und suchte nach einer Nachricht, die ihre Freundin für sie hinterlassen hatte, fand jedoch nichts, außer einem Kussmund aus Lippenstift, der neben der Kaffeemaschine auf die Arbeitsplatte gemalt war. Marla nahm den Lappen aus der Spüle und wischte den Kussmund fort. Anschließend schnappte sie sich die Kaffeetasse und eine Banane und ging in ihr Zimmer. Sie aß die Banane, warf die Schale in den Papierkorb und zog sich ein paar bequeme Sachen über, bevor sie sich an den Aufbau ihres Bettgestells machte. Beim Verbinden der Rahmen hätte sie Rikes Hilfe gut gebrauchen können, und einen Moment lang ärgerte sie sich, dass die Freundin einfach ausgeflogen war. Schließlich behalf sie sich mit einer Schraubzwinge, und nachdem das Bett eine knappe Stunde später fix und fertig aufgestellt und Decke und Kissen mit ihrer gelb-orange gestreiften Wäsche bezogen waren, war ihre Missstimmung verflogen.

Um kurz vor halb zwei rief ihre Mutter an.

»Hast du meine SMS nicht bekommen?«

»Doch.«

»Und wieso antwortest du nicht?«

»Hab's vergessen.«

»Marla!«

»Tut mir leid. Aber ich kann sowieso nicht.«

»Umso mehr hättest du mir gleich antworten müssen«, warf Cornelia Hofner ihr vor.

»Ich hab deine Nachricht erst heute Nacht gelesen«, erwiderte Marla. »Ich war todmüde und wollte ins Bett. Natürlich hatte ich mir fest vorgenommen, dich gleich heute-Vormittag anzurufen, und …«

»… hast es vergessen.«

»Ja«, sagte Marla kleinlaut. Es behagte ihr nicht, ihre Mutter anzulügen, aber sie wusste nicht, wie sie sich sonst rechtfertigen sollte. Außerdem hatte sie keine Lust, sie zu sehen. Nicht heute. Nicht nach dieser verkorksten Woche. Nicht, solange sie keine Klarheit wegen Elias hatte. Ma kannte sie viel zu gut. Sie würde ihr sofort ansehen, dass etwas nicht stimmte, und keine Ruhe geben, bis Marla es ihr erzählt hatte.

»Was hast du denn vor?«, fragte Cornelia Hofner.

»Och, nichts Besonderes.«

»Na also … Dann könntest du ja vielleicht drauf verzichten und dich mit einem selbst gebackenen Kirschkuchen verwöhnen lassen.«

»Das geht nicht«, sagte Marla hastig, bevor sie sich doch noch breitschlagen ließ. Kirschkuchen war eine echte Versuchung. »Chloe, Karen, Nora und ich haben das ganz fest geplant.«

»Was denn?«

»Eine kleine Radtour.«

»Wohin?«

»Ein bisschen raus, die Ruhr runter …«

»Aber dein Fahrrad steht doch noch bei Bernhard im Keller«, sagte Cornelia Hofner. »Oder hat er es etwa vorbeigebracht?«

»Nein, Rike leiht mir ihres aus.«

Das klappte ja wie am Schnürchen! Marla war wirklich dankbar, dass ihr so schnell die passenden Ausreden und Erklärungen einfielen.

»Und die beiden Jungs kommen nicht mit?«

Marla seufzte. »Nein, Ma, es ist eine reine Weiberveranstaltung.«

Cornelia Hofner lachte. »Dann hatte eure Party also keine Nebenwirkungen?«

»Wie meinst du das?«

»Das weißt du genau.«

Natürlich wusste Marla das. »Nein, hatte sie nicht«, sagte sie. »Außerdem muss ich mich doch sowieso erst mal an mein neues Leben gewöhnen.«

Ihre Mutter lachte wieder. »Liebe lässt sich doch nicht planen, mein Kind.«

Rike kam erst spätabends heim. Sie brachte zwei Freunde mit und verschwand sofort mit ihnen in ihrem Zimmer. Marla ging duschen und legte sich ins Bett. Erst jetzt merkte sie, dass sie Hunger hatte. Außer der Banane und ein paar Keksen hatte sie den ganzen Tag nichts gegessen. Eigentlich hätte sie gerne noch mit Rike über Elias' Entschuldigungsbrief gesprochen. Andererseits hatten sie fast schon zu viel über diese Geschichte geredet. Wirklich weitergebracht hatte Marla das nicht.

Liebe lässt sich doch nicht planen, hatte ihre Mutter gesagt. Logisch, Liebe war eine Herzensangelegenheit, aber genau das machte die Sache ja so kompliziert. Marla wusste einfach nicht, was ihr Herz wollte. Sie spürte nur, dass es schmerzte und dass dieser Schmerz ihren normalen Rhythmus völlig durcheinanderbrachte. Ob sie Elias diese Eskapaden nachsehen konnte, wusste sie momentan auch noch nicht. Bei der Klärung dieser Frage würde ihr Rike jedenfalls nicht helfen können. Und deshalb würde Marla von nun an versuchen, alleine damit klarzukommen.

Montag

Die erste Geschäftsstunde zwischen neun und zehn verlief absolut ruhig. Der einzige Kunde, der hereinkam, war ein nervöser älterer Herr, der seine Reiseunterlagen abholen wollte. »Und bitte kein Wort zu meiner Frau«, schärfte er Herrn Weinrich ein. »Sie wissen ja, dass es eine Überraschung sein soll.«

»Aber lieber, guter Herr Lemke, das versteht sich doch von selbst!« Marlas Chef lächelte. »Schließlich feiert man nur einmal im Leben goldene Hochzeit.«

»Und meine Annemarie hat sich diese Reise weiß Gott verdient!« Der Herr hob den Zeigefinger. »Ihr ganzes Leben lang hat sie davon geträumt, sich New Orleans anzusehen und mit dem Mississippidampfer zu fahren.«

Schade nur, dass ein großer Teil dieser schönen Stadt von einem Hurrikan zerstört worden ist, dachte Marla, die damit beschäftigt war, die Zahlungseingänge der Buchungen aus den letzten Wochen zu überprüfen.

Sie nickte dem Kunden freundlich zu und wünschte ihm eine unvergessliche Hochzeitsreise.

»Ich werde Ihnen davon berichten, junges Fräulein«, versprach Herr Lemke augenzwinkernd. Er richtete sich an Herrn Weinrich. »Eine sehr charmante Kollegin haben Sie da. Wirklich sehr charmant.«

Marlas Chef hielt seinem Kunden lachend die Tür auf. »Grüßen Sie mir Ihre liebe Frau.«

»Das will ich gerne tun«, sagte Herr Lemke. »Allerdings erst nach der Reise, wenn Sie gestatten.« Er lüpfte seinen Hut und trat auf die Straße hinaus.

Zwanzig Minuten später kam der nächste Kunde.

»Stefan!«, rief Marla erstaunt. »Ich dachte schon ...«

»Ich hätte es nicht ernst gemeint?« Stefan trat an ihren Tisch und reichte Marla zögernd die Hand. Marla nahm sie kurz und sagte: »Na ja, Stromboli ...«

»Du wirst es nicht glauben, aber ich habe es mir anders überlegt.«

»Aha ...?« Marla lächelte und musterte Stefan unauffällig. Er trug eine hellgraue Leinenhose, ein gestreiftes Hemd und dunkelbraune Schuhe. Obwohl er sich ähnlich unbeholfen bewegte wie auf ihrer Party, wirkte er insgesamt recht vergnügt. Marla kam sofort der Gedanke, dass er etwas Besonderes erlebt haben musste.

»Ja«, sagte Stefan und ließ sich umständlich auf einem der fest im Boden verankerten Lederhocker nieder. »Ich möchte einen Flug nach Indonesien buchen. – Für zwei Personen.«

»Oh«, sagte Marla. »Wann soll es denn losgehen?«

»So bald wie möglich.«

»Du kannst dein Studium also jederzeit unterbrechen?«

»Nein«, sagte Stefan. »Ich meine, ja, nach der Klausur in der nächsten Woche«, fügte er hinzu.

»Und wann würde es dir am besten passen?«

»Vom dreizehnten bis zum achtundzwanzigsten.«

»Juni?«, vergewisserte sich Marla.

Stefan nickte.

»Das ist knapp.«

»Ich weiß.«

»Und wie lange?«, fragte Marla. Sie hatte sich bereits dem Bildschirm zugewandt und angefangen, nach preiswerten Flügen zu suchen.

»Mindestens zehn Tage. Besser länger.«

»Du brauchst also auch ein Hotel?«

»Nein.«

Marla blickte verwundert auf. »Und es ist dir auch egal, wohin in Indonesien?«

»Jakarta«, sagte Stefan. »Also, Jakarta möchten wir uns schon ansehen.«

Marla sah ihn an. »Wir?«

»Ja, hab ich nicht gesagt, für zwei Personen?«

»Doch, doch, das hast du«, sagte Marla. »Deine Freundin hat sich also auch schon Urlaub genommen«, meinte sie lächelnd.

»Meine Verlobte.«

»Oh«, sagte Marla und dachte: Wie gut, dass ich mich nicht näher auf ihn eingelassen habe!

»Na ja …« Stefan hob die Schultern. »Sie weiß es noch nicht. Schließlich kennen wir uns erst seit ein paar Tagen. Aber sie ist meine Traumfrau. Absolut.«

»Das ist ja ein Ding!«, platzte Marla heraus.

»Wieso?«

»Na ja, eben war schon einmal ein Kunde hier, der eine Überraschungsreise für seine Frau buchen wollte …«

»Also, *so weit* sind wir ja noch nicht«, sagte Stefan.

Marla sah ihn irritiert an. Dann nickte sie und richtete

ihren Blick wieder auf den Monitor. Es hatte wohl wenig Sinn, mit ihm ein Gespräch darüber anzufangen, wie ungewöhnlich es war, dass er sich mit einem Mädchen verloben wollte, das er erst wenige Tage kannte. Und es ging sie auch nichts an. Ihretwegen konnte er seiner Traumfrau in Jakarta gerne einen Heiratsantrag machen.

»Hier«, sagte sie plötzlich. »Ich hab was: Der Flieger ginge am vierzehnten. Rückflug wäre genau am achtundzwanzigsten. Siebenhundertneunundneunzig Euro. Mit KLM ab Amsterdam.«

»Gut«, sagte Stefan.

»Ich soll die Flüge also reservieren?«

»Ja, bitte.«

»Hast du deinen Personalausweis dabei?«

Stefan beugte sich nach vorne und zog seine Geldbörse aus der Gesäßtasche. Dabei musste er sich auf dem Tisch abstützen. Marla fiel auf, dass er seine Nägel ganz kurz geschnitten hatte.

»Die Daten deiner Freundin kennst du hoffentlich.«

»Natürlich.« Stefan zog seine Ausweiskarte aus der Börse und legte sie auf den Tisch.

Marla zog sie zu sich heran und gab seine Personalien ein. »Stefan Gerke, Lewinskystraße achtunddreißig … Und jetzt deine Freundin.«

»Thea Mersig, Kittelbacherweg zwölf«, kam es wie aus der Pistole geschossen.

»Okay«, sagte Marla. »Und ihr Geburtsdatum?«

»Achtzehnter März neunundachtzig.«

»Gut«, sagte Marla, nachdem sie alles eingegeben hatte. »Ich kann die Reservierung zwei Tage aufrechterhalten.

Spätestens Mittwoch früh solltest du mir Bescheid sagen, ob du auch wirklich buchen willst.«

»Danke«, sagte Stefan. Er stand von seinem Hocker auf und schob die Geldbörse in seine Hosentasche zurück. »Ich hoffe, du hattest auch so viel Glück wie ich.«

Marla sah ihn fragend an. »Wie meinst du das?«

»Na ja, dieser Jongleur, der auf eurer Party war ...«

»Ach, der ...«

»Ja, der hat sich doch ziemlich um dich bemüht«, sagte Stefan.

Marla zuckte die Achseln. »Schon möglich.«

»Ihr seid also nicht zusammen?«, fragte Stefan.

»Nein.« Marla senkte den Kopf und fuhr verlegen mit dem Finger über die Arbeitsplatte. »Er wollte sich mit mir verabreden, aber er hat mich versetzt.«

»Oh«, sagte Stefan. »Na ja, vielleicht ist ihm etwas dazwischengekommen.«

»Ja, das meint Rike auch.«

Stefan lächelte ihr aufmunternd zu. »Dann wird es ja vielleicht noch was. Und wenn er sich nicht mehr meldet, dann ist er es auch nicht wert.«

Marla nickte. Dieser Auffassung war sie ja schon lange. Das Dumme war nur, dass Elias ihr einfach nicht aus dem Kopf gehen wollte.

»Da hast du wahrscheinlich recht«, sagte sie leise. Sie warf einen kurzen Blick zu Herrn Weinrich hinüber und bemerkte, dass er ebenfalls zu ihnen hersah. »Also, du rufst mich dann bitte spätestens am Mittwoch an«, sagte sie mit angehobener Stimme. »Und dann mache ich die Buchung klar.«

»Gut«, sagte Stefan. Wieder reichte er Marla die Hand und verbeugte sich leicht. »Bis spätestens übermorgen dann.«

»Ja«, sagte Marla. Sie sah ihm nach, wie er durchs Geschäft auf die Tür zuging, und wischte sich mit der Hand über ihre Hose. Stefans Finger waren ein wenig feucht gewesen. Plötzlich war sie richtig erleichtert, dass sie sich nicht intensiver mit ihm beschäftigt hatte.

Marla verließ das Reisebüro um kurz nach sechs. Sie kaufte noch etwas Obst, Salat und Brot ein und fuhr dann nach Hause. Bevor sie in ihr Zimmer ging, verstaute sie die Lebensmittel in der Küche, faltete die Papiertüten zusammen und legte sie zu den anderen in die Schublade.

Den feinen Duft nahm sie sofort wahr, nachdem sie ihre Zimmertür geöffnet hatte. Auf dem Schreibtisch stand eine weiße Rose.

»Rike?« Marla rannte zuerst in den gemeinsamen Wohnraum und klopfte schließlich an die Zimmertür ihrer Freundin. Rike lag auf dem Bett und blätterte in ihrem Wiso-Buch.

»Wer hat die Rose gebracht?«

»Ein Bote.«

»Was für ein Bote?«

Rike sah von ihrem Buch auf. »Na, von einem Blumengeschäft.«

»Es ist kein Brief dran.«

Rike grinste. »Was hast du erwartet?«

»Ach.« Marla machte eine wegwerfende Geste.

»Mensch, jetzt freu dich doch mal! Elias scheint ein durch und durch romantischer Kerl zu sein. Also, ich an deiner Stelle ...«

»Hätte längst mit ihm gevögelt, ich weiß.«

»Dazu hätte ich wohl kaum Gelegenheit gehabt«, erwiderte Rike. »Mit einem Typen, der nur aus Versprechungen besteht und sich ansonsten eher durch Abwesenheit hervortut, ist ein direkter körperlicher Kontakt so gut wie ausgeschlossen. Mich würde das wahnsinnig machen.«

»Verstehe ich«, sagte Marla.

»Nicht so wie dich«, stellte die Freundin klar. »Wenn der mich so hinhalten würde, könnte ich mich kaum noch beherrschen, wenn er ...«

»Schon klar«, unterbrach Marla sie. Auf Details sexueller Art konnte sie gut verzichten. »Was waren das überhaupt für Typen, die du gestern Abend im Schlepptau hattest?«

»Sie heißen Simon Keller und Maximilian Funkstedt, gehen in meine Klasse und haben mit mir Mathe gelernt. Zufrieden? Nächste Woche beginnen die ersten Fachabi-Klausuren«, fügte sie noch hinzu. »Schon vergessen?«

Nein, das hatte Marla nicht. Allerdings hätte sie ihrer Freundin niemals zugetraut, dass sie Arbeitsgemeinschaften bildete.

»Simon ist dann noch geblieben«, meinte Rike und blätterte bereits wieder in ihrem Wiso-Buch. »Wir hatten eh erst zur dritten Stunde.«

»Schon gut«, erwiderte Marla. »Du bist mir doch keine Rechenschaft schuldig.« Insgeheim war sie sogar ganz froh, dass Rike sich so schnell über Elias hinweggetröstet hatte. »Seid ihr jetzt zusammen?«

Rike lachte. »Hast du deinen Posteingang gecheckt?«, fragte sie dann. »Auf dem Handy, meine ich.«

»Nee.«

»Es könnte doch sein, dass du dort eine Nachricht findest. Passend zur Rose.«

»Oh«, sagte Marla. Daran hatte sie noch überhaupt nicht gedacht. Tagsüber, während sie im Reisebüro arbeitete, machte sie ihr Handy meistens aus, und abends vergaß sie oft, es wieder einzuschalten. »Ich seh mal nach.«

»Tu das«, sagte Rike und widmete sich erneut ihrem Buch.

Marla hastete in ihr Zimmer. Das Herz schlug ihr wieder bis zum Hals. Es war albern, aber es war nicht zu ändern. Mit zittrigen Fingern holte sie ihr Handy aus der Tasche, schaltete es ein und stellte kurz darauf fest, dass sie tatsächlich zwei Kurznachrichten bekommen hatte. Die erste war von ihrer Mutter. Eingang 10:32 Uhr.

ich hoffe, du hattest einen schönen tag mit deinen freundinnen.
bis bald, melde dich.
cor

»Ja, Ma, hatte ich«, murmelte Marla ungeduldig und holte die zweite SMS aufs Display.

((ILD))

Wie hypnotisiert starrte Marla auf die Kürzel. »Du übertreibst, Elias«, flüsterte sie. Ihre Finger zitterten, als sie die Antwort eintippte.

wer bist du?

Zwei Tage wartete Marla vergeblich auf eine Antwort. Sie löschte die SMS und ihre Antwort darauf und beschloss, Elias endlich zu vergessen.

Donnerstag

»Simon und Maximilian kommen heute wieder zum Lernen«, sagte Rike beim Frühstück.

»Kein Problem«, sagte Marla. »Ich gehe nach der Arbeit eh noch zum Yoga.«

»So etwas sollte ich vielleicht auch mal machen«, meinte Rike und biss nachdenklich in ihren Toast.

»Vergiss es«, sagte Marla.

Rike hörte gar nicht richtig zu. Sie sprang von ihrem Stuhl auf und rannte aus der Küche. »Ich glaub, ich hab vergessen, Steno zu übertragen!«, hörte Marla sie rufen.

»Und du willst Yoga machen!« Marla schüttelte grinsend den Kopf. »Du bringst doch nur Unruhe in die Gruppe«, murmelte sie. Eigentlich würde eine Ballsportart viel besser zu ihrer Freundin passen. Dort könnte Rike sich richtig auspowern, andererseits war sie für eine Mannschaftssportart wahrscheinlich gar nicht teamfähig genug.

Marla leerte ihre Müslischale, packte einen Apfel, einen Joghurt und eine Packung Knäckebrot in ihre Tasche und lief in den Flur. »Ich bin dann mal weg!«, rief sie. »Bis heute Abend, oder falls Simon bleibt, bis morgen!«

»Jaha, ciao!«, kam es aus Rikes Zimmer. »Bis morgen.«

»Alles klar«, murmelte Marla. Sie nahm ihre Jeansjacke vom Haken, schlüpfte in ihre Ballerinas und verließ die Wohnung.

Mittags stand Cornelia Hofner vor der Tür des Reisebüros.

»Was soll das, Ma?«, fragte Marla unwillig. »Willst du mich jetzt jede Woche im Geschäft besuchen?«

»Nicht im Geschäft«, stellte ihre Mutter klar. »Aber wenn du schon nicht zu mir kommst, komme ich eben zu dir. Außerdem spricht ja wohl nichts dagegen, wenn ich dich hin und wieder zum Mittagessen einlade.«

Der Einfachheit halber gingen sie diesmal in das kleine Bistro an der Ecke. Sie fanden einen freien Tisch am Fenster und bestellten sich einen Salat. Marla erzählte von ihrem Zusammentreffen mit ihrem Vater und saugte sich anschließend ein paar Details über ihren angeblichen Ausflug mit Karen, Nora und Chloe aus den Fingern. Sie war froh, als sie wieder an ihren Platz im Reisebüro zurückkehren konnte, wo sie als Erstes eine Rechnung an Stefan ausschrieb, der die Flüge nach Jakarta tatsächlich am Vortag gebucht hatte. Anstatt anzurufen, war er sogar extra noch mal vorbeigekommen, und Marla hatte es insgeheim sehr bedauert, dass seine Freundin nicht dabei gewesen war. Das

Mädchen, mit dem sich ein so ernsthafter Typ wie Stefan bereits so schnell verloben wollte, hätte sie zu gerne kennengelernt.

Die Yogastunde begann um halb sieben. Sie fand in der Karateschule statt, die nur zwei U-Bahn-Stationen vom Reisebüro entfernt lag. Marla stöberte noch eine Viertelstunde in einer Boutique, fand aber nichts, was ihr wirklich hundertprozentig gefiel, und als sie um zwanzig nach sechs an der Karateschule ankam, war Karen bereits da.

»Ich glaube, Gereon und Tom sind ein bisschen eingeschnappt«, begrüßte sie Marla.

»Wieso?«

»Sie haben wohl eine Extraeinladung erwartet«, meinte Karen schulterzuckend. »Dafür, dass sie dir die Sachen von einer Wohnung in die andere geschleppt haben.«

»Ich dachte eigentlich, das wäre selbstverständlich«, sagte Marla, die sofort an Toms Bemerkung beim Kistenschleppen denken musste. »Schließlich würde ich den beiden auch immer helfen, wenn sie mich brauchen.«

»Typen sind eben anders«, erwiderte Karen und lächelte geheimnisvoll.

»Du meinst komplizierter«, präzisierte Marla und erzählte ihr von der Rose und der seltsamen SMS.

»Vielleicht meint er es ernst.«

»Ich glaube eher, er amüsiert sich auf meine Kosten«, meinte Marla bitter. »Aber da muss der Zirkus sich einen neuen Clown suchen.«

»Nee, nee, nee.« Karen wedelte energisch mit dem Zeigefinger. »So leichtfertig schreibt man nicht *Ich liebe dich.* Und eine weiße Rose ist immerhin das Sinnbild für die jungfräuliche Liebe.«

»Wirklich?« Marla verdrehte die Augen. »Oh Gott, das ist ja wohl ein bisschen krank.«

Karen schüttelte den Kopf. »Eher besonders. Irgendwie passt es zu Elias. Erst eine gelbe Rose, dann eine weiße ...« Sie sah Marla an. »Und er hat sich bisher nicht wieder gemeldet?«

»Nein.«

»Vielleicht ist er auch beleidigt.«

»Warum sollte er?«

»Na, weil du ihn gefragt hast, wer er ist«, sagte Karen. »Bestimmt geht er davon aus, dass er der Einzige ist, der dir so etwas schreibt, dass also nur er es sein kann, der hinter diesen vielen geheimnisvollen Botschaften steckt.«

»Ganz schön eingebildet, findest du nicht?«, erwiderte Marla. Fast hoffte sie, Karen würde ihr abermals widersprechen, doch nun tauchten auch Nora und Chloe auf, und die ereiferten sich derart über einen rücksichtslosen Autofahrer, dass das Thema Elias beendet war.

Nach der äußerst entspannenden Yogastunde beschlossen die Freundinnen, noch irgendwo etwas trinken zu gehen. Sie schlenderten bis zur Lambertuskirche, überquerten die Friedrich-Ebert-Straße und erreichten wenige Minuten später die Fußgängerzone der Innenstadt. Die meisten Geschäfte hatten bereits geschlossen, und in den zahlreichen Eisdielen und Straßencafés tummelten sich die Menschen mit Einkaufstüten oder Aktenkoffern.

»Da vorne wird gerade ein Tisch frei!«, rief Karen. Sie fasste Marla am Arm und zog sie eilig hinter sich her. Nora und Chloe ließen sich Zeit. Während sie noch die ausgefallenen Klamotten im Schaufenster einer teuren Boutique anschauten, besetzte Karen den Tisch.

Marla hängte ihre Tasche über die Rückenlehne eines der vier Teakholzstühle, da fiel ihr Blick auf einen Typen, der an einem Tisch auf der gegenüberliegenden Seite des Eingangs saß. Obwohl er ihr den Rücken zugewandt hatte, war sie sicher, dass es Elias sein musste.

Wie gebannt starrte sie zu ihm hinüber.

»Was ist?«, fragte Karen und folgte Marlas Blick. Sie stieß die Freundin in die Seite. »Mensch, du hast recht, das ist er!«

»Oh Gott!«, stieß Marla hervor. Langsam ließ sie sich auf ihren Stuhl sinken.

»Hey!«, rief Karen. »Worauf wartest du noch? Quatsch ihn an!«

Marla schüttelte den Kopf. »Das kann ich nicht ...« Ihr war heiß und kalt zugleich. Ihre Beine zitterten, und ihr Kopf fühlte sich leer an.

»Doch, du kannst«, sagte Karen. »Jetzt oder nie!«

Marla schluckte. Einerseits wollte sie ja selber endlich Gewissheit, doch andererseits ... Sei nicht albern!, rief sie sich zur Ordnung und stand zögernd wieder auf.

Karen hob die Daumen und nickte ihr lächelnd zu. »Du schaffst das.«

Marla fühlte sich wie in Trance, als sie sich zwischen den Tischen und Stühlen hindurchzwängte und auf Elias zuging. Einen winzigen Moment hoffte sie noch, dass er es gar nicht war, da drehte er sich plötzlich zu ihr um. Er hatte sie nicht kommen sehen, wollte sich wohl nur nach der Kellnerin umschauen, und erstarrte.

»Marla!«

»Ja, ich.«

Ein strahlendes Lächeln breitete sich auf seinem Gesicht aus. Er entblößte seine wunderschönen schnurgeraden Zähne, sprang auf und fasste Marla bei der Hand. »Was für ein Zufall! Du ahnst ja gar nicht, wie sehr ich mich freue!«

Und ich erst, dachte Marla.

»Es tut mir leid, dass ich mich bisher nicht gemeldet habe, aber ich …«

»Nicht gemeldet?«, fuhr Marla ihn an. »So nennst du das also!«

Elias hörte auf zu lächeln. »Was meinst du?«

»Jetzt frag doch nicht so blöd!«

Der Mann, der mit an seinem Tisch saß und in eine Zeitung vertieft war, blickte neugierig auf.

»Ich verstehe wirklich nicht …« Elias schüttelte den Kopf. Er sah ehrlich verwundert aus.

»Dann war die Einladung zum Spanier also nicht von dir?«, fragte Marla mit Blick auf den Tischnachbarn nun etwas leiser. »Die weiße Rose und die Anrufe und all das?«

»Nein.«

Marla musterte ihn misstrauisch.

»Okay, ich hätte all das vielleicht tun sollen«, räumte Elias ein. »Es war bestimmt ein Fehler, dich nicht anzurufen, dich nicht einzuladen, aber ich konnte einfach nicht.«

Marla ließ sich auf einen der beiden freien Stühle sinken, und Elias setzte sich ebenfalls wieder. »Von wem sind die Briefe dann?«, murmelte sie. »Wer wollte sich mit mir zum Essen treffen? Und wer ruft mich mitten in der Nacht an, ohne etwas zu sagen?«

»Keine Ahnung«, sagte Elias. »Vielleicht dein Freund.«

Marla sah ihn an. Er hatte die schönsten Augen der Welt, und sie wunderte sich, dass ihr das nicht sofort aufgefallen war. Plötzlich musste sie lachen. »Oh, du meinst Gereon!« Sie schüttelte entschieden den Kopf. »Nein, nein. Der war es ganz bestimmt nicht.«

»Was macht dich so sicher?«

»Ich kenne ihn wirklich gut.«

»Als Kumpel.«

»Ja schon, aber ...«

»Ich wette, er ist in dich verliebt.«

Marla spürte, wie sie errötete. »Ach was«, sagte sie schnell.

»Na ja, er müsste schon ziemlich blind ... und töricht sein«, meinte Elias zögernd.

Marla senkte die Augen. Das Herz klopfte ihr bis zum Hals. Sie konnte ihn nicht mehr ansehen.

Wieder griff Elias nach ihrer Hand. Er zog sie zu sich herüber auf seinen Oberschenkel und streichelte sanft ihre Finger. »Es ist nur ...«

»Ja ...?«

»Ich bin ... also, jemand hat ...«

Marla hob den Kopf. Dieses Gestammel passte nicht zu ihm. Sie registrierte das leichte Flackern in seinen Augen und das nervöse Zucken um seine Mundwinkel. Was ist los mit dir?, dachte sie. Seine plötzliche Unsicherheit rührte sie.

»Es tut mir leid«, sagte er schließlich noch einmal, und seine Stimme klang wieder fester. »Ich weiß ja nicht, wie du das siehst, aber ich würde schrecklich gerne mit dir essen gehen …«

»Jetzt?«

»Nein, nicht jetzt.« Elias drückte ihre Hand und rückte ein wenig näher, sodass ihre Knie sich berührten. Mit den Fingerspitzen berührte er flüchtig ihre Wange. »Ich kann heute nicht. Aber morgen. Morgen Abend. Okay?«

Kurz bevor Marla sich für die Nacht fertig machen wollte, klingelte ihr Handy. Auf dem Display stand: *unbekannt*. Marla zögerte. Als sie schließlich die Verbindung herstellte, meldete sich niemand. Sie hörte nur jemanden atmen.

»Elias!«

Nichts.

»Gereon?«

Die Verbindung wurde unterbrochen.

»Na warte«, wisperte Marla. Sie suchte Gereons Handynummer aus dem Speicher. Es meldete sich nur seine Mailbox.

»Gereon?«, rief sie. »Hast du mich eben angerufen? He? Hallo! Melde dich doch mal …!«

Marla wartete eine Weile, dann schaltete sie ihr Handy aus und legte es auf den Nachttisch. Sie schnappte sich ihren Pyjama und verließ das Zimmer. Auf dem Weg zum Bad kam ihr Rike entgegen.

»Warum hast du so rumgebrüllt?«, fragte sie.

»Ich?« Marla biss sich auf die Unterlippe. »Sorry, aber da hat wieder jemand angerufen, ohne sich zu melden. Langsam wird mir das unheimlich.«

Rike schüttelte unwillig den Kopf, und Marla erzählte ihr von ihrem Zusammentreffen mit Elias und dessen Vermutung, dass Gereon hinter den mysteriösen Anrufen stecken könnte.

»Und? Glaubst du ihm?«, fragte Rike, der nicht anzusehen war, ob sie sich für Marla über die Begegnung mit Elias freute oder nicht.

»Ich weiß nicht. Eigentlich gibt es ja keinen Grund, ihm nicht zu glauben. Oder?«

Rike zuckte die Achseln. »Woher soll ich das wissen?«, erwiderte sie ein wenig unwirsch. »*Du* hast mit ihm geredet. Du konntest ihm in die Augen sehen. Du musst wissen, ob er dir möglicherweise etwas vorgemacht hat.«

Marla seufzte. Sie wusste es nicht.

»Ich kenne Gereons Nummern«, sagte sie. »Sowohl die vom Handy als auch die …«

»Er könnte sich ein zweites Handy zugelegt haben«, fiel Rike ihr ins Wort. »Und anrufen kann man von überall. Von Oma, Tante, Onkel, sogar von einer Telefonzelle. Es mag zwar ein wenig altmodisch sein, aber es ist nicht unmöglich.«

Natürlich, Rike hatte ja recht. Und trotzdem. »Ich trau Gereon das einfach nicht zu. Das ist … Das wäre ja …«

»Stalking«, sagte Rike nüchtern. »Und das ist zum Glück mittlerweile strafbar.«

Die Mädchen sahen sich an.

»Ich warte erst mal ab«, sagte Marla schließlich.

Als sie eine Viertelstunde später ins Bett ging, schaltete sie ihr Handy wieder ein. Gereon meldete sich um kurz vor halb zwölf.

»Hab ich dich geweckt?«

»Fast«, sagte Marla und gähnte.

»Ist alles in Ordnung?«, fragte er.

»Wieso?«

»Weil du meine Mailbox so angeschrien hast.«

Marla gähnte abermals. »Tut mir leid«, sagte sie. »Ich bekomme in letzter Zeit dauernd so komische Anrufe und wollte …«

»Hör mal, du kennst meine Nummer«, unterbrach Gereon sie. »Sowohl die von daheim als auch die vom Handy.«

»Es hätte ja sein können, dass du ein neues hast.«

»Das hätte ich dir ganz sicher mitgeteilt.«

Marla seufzte. Sie hatte keine Lust, mit Gereon darüber zu diskutieren. Und es hatte auch keinen Sinn. Wenn er sich tatsächlich ein zweites Handy zugelegt haben sollte, würde er es ohnehin nicht zugeben. »Du hast mich also vorhin nicht angerufen?«

»Ich habe dich heute überhaupt nicht angerufen«, sagte Gereon aufgebracht. »Weder vorhin noch sonst irgendwann.«

»Ist ja schon gut«, beschwichtigte Marla ihn.

Gereon schwieg. Schließlich fragte er: »Und wann gehen wir ins Kino?«

»Keine Ahnung. Am Samstag vielleicht.«

»Warum nicht morgen?«

»Da hab ich schon was vor.«

»Ach ja …?«

»Essen gehen«, sagte Marla.

»Mit diesem Jongleur?«

»Ja, stell dir vor.« Plötzlich nervte es sie, dass er sie so aushorchte.

»Okay«, meinte Gereon. »Du musst ja wissen, was du tust.« Er hörte sich eingeschnappt an.

»Wie meinst du das?«, fragte Marla.

»Na ja, der Typ ist schon ein ziemlicher Angeber, findest du nicht?«

Bist du etwa eifersüchtig?, hätte Marla beinahe gefragt. Stattdessen holte sie tief Luft und sagte: »Also abgemacht: Am Samstag gehen wir zusammen ins Kino. Und am Sonntag koche ich für dich und Tom was Leckeres, und wir machen uns einen gemütlichen Abend hier bei mir.«

»Zu dritt?«, fragte Gereon.

»Wenn Rike nichts vorhat, gerne auch zu viert«, erwiderte Marla.

»Okay«, sagte Gereon. »Ich schick Tom 'ne SMS. Hoffentlich hat er Zeit.«

»Wenn er nicht kann, verschieben wir es eben um eine Woche«, sagte Marla. »Es läuft uns ja nicht weg.«

»Ganz wie du meinst.«

»Danke, Gereon. Gute Nacht«, sagte Marla ein wenig gereizt.

»Schlaf schön«, meinte Gereon sanft.

»Du auch.« Marla wollte das Handy vom Ohr nehmen, merkte aber, dass er noch dranblieb. Sie hörte ihn atmen.

Einen Moment lang war Marla wie erstarrt, dann riss sie das Handy herunter und drückte ihn weg.

»Es kann nicht sein, nicht Gereon, niemals«, versuchte Marla sich einzureden. Sie lag auf dem Bauch unter ihrer Decke und hatte das Gesicht ins Kopfkissen gewühlt. Die Luft, die sie einatmete, war warm und stickig, wirkte aber irgendwie beruhigend auf sie. Rike musste sich irren. Und überhaupt: Nur am Atmen allein konnte man einen Anrufer wohl kaum erkennen. Marla warf sich herum und umklammerte ihre Bettdecke. Sie würde mit Gereon reden. Oder mit Tom. Der wusste ja vielleicht was. Zumindest, ob Gereon sich noch immer Hoffnungen machte. Ja, bestimmt war es besser, erst einmal mit Tom zu reden.

Irgendwann schlief Marla ein. Um kurz vor halb drei ging ihr Handy. Es dauerte ein paar Sekunden, bis sie kapierte, was diesen schrecklichen Piepton verursachte. Marla schoss hoch. – Verdammt, sie hatte diesen Scheißklingelton immer noch nicht geändert! Sie knipste ihre Nachttischlampe an, ergriff das Handy, drückte den Anruf weg und schaltete es aus.

Kaum hatte sie das Licht gelöscht, schrillte das Telefon im Flur.

»Du blöder Wichser!« Marla sprang aus dem Bett, riss die Tür auf und griff nach dem Funkteil in der Station. »Was fällt dir ein, uns mitten in der Nacht aus dem Bett zu holen? Immerhin wohnt Rike auch noch hier und …«

»Ich bin immer bei dir«, unterbrach sie eine dumpfe, monotone Stimme. »Auch heute Nacht.«

Marla stockte der Atem. Langsam ließ sie den Hörer sinken. Einen Moment lang war sie wie benommen. Dann stellte sie das Telefon in die Station zurück und wartete. Es dauerte keine fünf Sekunden, da klingelte es wieder.

»Wer bist du?«, flüsterte Marla. Wie gebannt starrte sie auf den Apparat. »Warum lässt du mich nicht in Ruhe?« Sie sah zu Rikes Zimmertür, aber dahinter regte sich nichts. Die Freundin schien das Läuten nicht zu hören. Sie hatte einen festen Schlaf.

Hastig nahm Marla das Funkteil heraus, ließ den Hörer jedoch sofort wieder in die Station gleiten. Die Verbindung war unterbrochen, das quälende Läuten hatte aufgehört. Marla zählte die Sekunden. »Eins … zwei … drei … vier … fünf … sechs … sieben …«

Marla atmete auf. Sie ging in ihr Zimmer und schloss die Tür. Das Klingeln des Telefons ließ sie zusammenzucken. Einen Augenblick stand sie regungslos da, dann hechtete sie zum Bett hinüber, schnappte sich das Kopfkissen und eilte damit in den Flur zurück.

»Ich will nichts mit dir zu tun haben«, presste sie hervor. »Und wenn ich mich nicht melde, wirst du aufhören. Vielleicht nicht morgen, vielleicht nicht übermorgen, aber irgendwann gibst du auf«, sagte sie und drückte das Kissen auf die Telefonstation. Das Klingeln hörte nicht auf, war nun aber leiser und dumpf und weniger unheimlich. Durch die geschlossene Zimmertür war es überhaupt nicht mehr zu hören. Oder?

Marla setzte sich aufs Bett und lauschte. – Nein, dieses seltsam schrille, kaum wahrnehmbare Geräusch, das in regelmäßigen Abständen wiederkehrte, war nicht das Telefon. Das musste sie sich einbilden. Vielleicht war es eine Art Echo, das das Klingeln auf ihrem Trommelfell hinterlassen hatte. In Wahrheit hörte sie bestimmt gar nichts. Doch je länger sie sich einzureden versuchte, dass das Telefon keinen Ton mehr von sich gab, umso sicherer war sie, dass es ununterbrochen läutete.

Marla presste sich die Hände auf die Ohren. Sie blickte zum Fenster und sah durch den Spalt ihres Vorhangs, dass im Haus gegenüber noch Licht brannte.

Ich bin immer bei dir, hörte sie die monotone Stimme sagen. Das war nicht Gereon. Das war niemand gewesen, den sie kannte, auch nicht Elias.

Marla stand auf, zog den Vorhang richtig zu und kroch ins Bett zurück. Sie hörte das Telefon immer noch. Hin und wieder wurde das Klingeln für ein paar Minuten unterbrochen, dann ging es von Neuem los.

Nach einer Viertelstunde hatte sie das Gefühl durchzudrehen. Wenn sie diese Nacht nicht zur Ruhe kam und morgen wieder unkonzentriert arbeitete, würde Herr Weinrich ihr das garantiert nicht mehr durchgehen lassen. Vielleicht würde er sogar mit ihrer Mutter sprechen wollen, oder schlimmer noch – mit Pa.

Marla stand abermals auf. Sie tappte in den Flur und zog den Telefonstecker heraus. Das Klingeln brach mitten im Ton ab. Die darauffolgende Stille war geradezu unheimlich.

Ich bin immer bei dir, hörte Marla die Stimme in ihrem Ohr. Ein Frösteln ging durch ihren Körper. Sie griff nach dem Kissen, drückte es an sich und huschte zu Rikes Zimmertür. Ob Simon noch da war?

Marla drückte die Klinke herunter und schob die Tür auf. Leise schlüpfte sie ins Zimmer und heftete ihren Blick auf das Bett. Rike war allein.

Mit ein paar Schritten war Marla an der Bettkante. Sie

setzte sich, hob die Decke an und schob sich darunter. Rike drehte sich zu ihr um, schlang ihren Arm um Marlas Hals und murmelte etwas, das sie nicht verstand.

Marla wagte nicht, sich zu rühren, und starrte an die Zimmerdecke, an der sich die feinen Lichtstreifen der Jalousie abzeichneten. Ob das Licht im Haus gegenüber immer noch brannte? Und wenn schon, dachte sie. Das bedeutete gar nichts. Vielleicht hatte dort drüben jemand Besuch, und nun saßen zwei Freundinnen auf dem Sofa, die sich lange nicht mehr gesehen und unendlich viel zu erzählen hatten. Außerdem gab es Menschen, die bis tief in die Nacht hinein arbeiteten, und auch solche, die keinen Schlaf fanden und morgens früh um drei ihre Wohnung putzten.

Marla atmete tief in den Bauch hinein. Allmählich beruhigte sie sich. Sie schloss die Augen und fiel in einen unruhigen Schlaf voller wirrer Träume.

Freitag

»Hey, was machst du denn hier?«, fragte Rike.

Es war kurz nach sechs, und sie war wach geworden, weil sie zum Klo musste. Marla lag mit halb geöffneten Augen neben ihr und hielt die Bettdecke umklammert wie ein kleines Kind.

»Er hat wieder angerufen«, wisperte sie.

»Elias?«

»Ich glaube nicht, dass es Elias ist. Und Gereon auch

nicht«, erwiderte Marla und berichtete stockend von dem nächtlichen Telefonterror.

»Ach, das war bestimmt nur so ein Verrückter«, tat Rike die Sache ab. »Die rufen einfach irgendwo an, und wenn sie merken, dass sie einen damit erschrecken können, machen sie weiter. So lange, bis ihnen die Geschichte langweilig wird und sie einen neuen Kick brauchen.«

»Meinst du wirklich?«

»Ja, meine ich.« Rike rollte sich schwungvoll aus dem Bett und huschte aus dem Zimmer. Als sie wieder zurückkam, war Marla ebenfalls aufgestanden. Sie hatte die Lamellen der Jalousie auseinandergeschoben und spähte durch den Spalt auf das gegenüberliegende Haus. »Und wenn dieser Verrückte dort drüben wohnt und mich beobachtet?«

»Auch das würde ihm irgendwann langweilig werden«, sagte Rike. Sie trat hinter die Freundin und küsste sie in den Nacken. »Hauptsache, du bleibst cool.«

Marla fuhr herum. »Aber ich bin nicht cool!«, stieß sie hervor.

Rike lächelte. »Egal«, sagte sie. »Er darf nur nicht merken, dass seine Anrufe dich nervös machen.« Sie küsste Marla noch einmal auf die Wange und stieg dann in ihr Bett zurück. »Ich habe das Telefon übrigens wieder reingesteckt«, sagte sie, drehte sich auf die Seite und schien im nächsten Moment bereits eingeschlafen zu sein.

»Dein Gemüt möchte ich haben«, murmelte Marla. »Gestern hst du noch von Stalking geredet.«

Aber da war es ja auch um Gereon gegangen. Marla warf noch einen Blick auf die heruntergelassene Jalousie.

Die Gewissheit, dass ein neuer Tag angebrochen und es draußen schon hell war, beruhigte sie, und so beschloss sie, in ihr Zimmer zurückzugehen und noch eine Stunde in ihrem eigenen Bett zu schlafen.

Doch als Marla durch die Tür trat, erstarrte sie. Am Fußende ihres Bettes lag ihr weißes T-Shirt mit der Bogenkante am Halsausschnitt. Es war sauber zusammengelegt, so als ob jemand es aus dem Schrank genommen und für den nächsten Tag bereitgelegt hätte.

Marla sah zu ihrem Kleiderschrank. Die Türen waren geschlossen. Sie rannte in Rikes Zimmer zurück und rüttelte die Freundin an der Schulter. »Rike, wach auf!«, zischte sie panisch. »Er war in der Wohnung. In meinem Zimmer!«

»Was?« Rike riss die Augen auf. »Wer?«

»Der Anrufer«, kreischte Marla. »Der, der mich zum Spanier gelockt hat.«

»Du bist ja hysterisch«, sagte Rike.

»Er hat mein weißes T-Shirt aus dem Schrank genommen und auf mein Bett gelegt.«

»Du spinnst!« Rike stand auf und lief an Marla vorbei in deren Zimmer. »Das lag da gestern schon.«

»Jetzt spinnst *du*«, sagte Marla, die Rike dicht gefolgt war. »Wann soll ich das denn da hingelegt haben?«

»Gestern Nachmittag.«

»Nee«, sagte Marla. »Ganz bestimmt nicht. Gestern Nachmittag war ich im Reisebüro. Und danach bin ich zum Yoga gegangen.«

»Aber es lag da«, beharrte Rike. Sie nahm das T-Shirt und hielt es Marla unter die Nase. »Ich bin doch nicht blöd.«

»Dann hat er es eben gestern schon aus meinem Schrank genommen und aufs Bett gelegt. Ich war es jedenfalls nicht.« Fröstelnd ließ Marla sich auf die Kante ihres Schreibtischstuhls fallen. Der Gedanke, dass ein Fremder in ihrer Wohnung ein und aus ging, löste eine schreckliche Übelkeit in ihr aus. Sie fühlte sich elend und hilflos.

Rike zuckte die Schultern. »Dann ist es vielleicht Simon gewesen.«

»Simon? Hast du dem etwa einen Schlüssel gegeben?«

»Natürlich nicht«, sagte Rike empört. »Nach der Schule sind wir gleich hierhergefahren. Ich hab uns Pfannkuchen gemacht. Wahrscheinlich hat Simon sich in der Zwischenzeit ein bisschen in der Wohnung umgesehen.«

»Und ist einfach fröhlich in mein Zimmer gelatscht, hat meinen Kleiderschrank durchwühlt und das T-Shirt herausgenommen?« Marla tippte sich an die Stirn. »Mit was für Typen verkehrst du denn?«

»Ich weiß es doch auch nicht«, sagte Rike. Seufzend lehnte sie sich neben Marla gegen die Schreibtischkante und deutete aufs Bett. »Ich weiß nur, dass das T-Shirt gestern Nachmittag schon dort gelegen hat.«

Marla sah ihre Freundin skeptisch an. Konnte es sein, dass Rike sich täuschte? Marla hätte das T-Shirt doch ebenfalls bemerken müssen, als sie ins Bett gegangen war. Und zwar todsicher! Oder war sie mit ihren Gedanken so sehr bei Elias gewesen, dass es ihr einfach nicht aufgefallen war?

»Vielleicht solltest du ihn dir aus dem Kopf schlagen«, meinte Rike.

»Toller Tipp.«

»Er macht dich doch ganz konfus«, fuhr Rike fort. »Vielleicht ist er gar nicht gut für dich.«

»Vor einer Woche hast du noch das glatte Gegenteil behauptet«, erwiderte Marla.

»Dann habe ich mich eben geirrt«, sagte Rike. »Es ist schließlich nicht zu übersehen, dass du dich allmählich in einen Verfolgungswahn hineinsteigerst.«

»Jetzt hör aber auf!«

»Nee, tu ich nicht. Ich bin doch nicht blind. Und blöd bin ich auch nicht. Ich könnte dir haargenau erklären ...«

»Na, da bin ich aber mal gespannt«, sagte Marla.

Rike legte den Kopf in den Nacken, schloss die Augen und holte tief Luft. »Auch auf die Gefahr hin, dass du mir gleich an die Kehle springst«, begann sie schließlich. »Tatsache ist doch, dass Elias sich fast zwei Wochen nicht gemeldet hat. Gestern hast du ihn zufällig getroffen. Eigentlich hätte er sich halb tot freuen müssen, dich zu sehen. – Hat er aber nicht. Er wollte noch nicht mal gleich etwas mit dir unternehmen.«

Marlas Augen brannten, und sie spürte einen harten Klumpen in ihrer Kehle. Halt bloß die Klappe, ich will gar nichts mehr hören, hätte sie am liebsten gesagt. Warum nur hatte sie nach der Party auf Rike und nicht auf ihr eigenes Gefühl gehört? Sie wusste doch, wie flatterhaft die Freundin sein konnte. Und zwar nicht nur in Bezug auf Typen, sondern zuweilen auch, was ihre Ansichten und Pläne betraf.

»Vielleicht hat er eine Beziehung, oder er hat inzwischen eine andere kennengelernt«, fuhr Rike unterdessen unbeirrt fort. »So etwas passiert manchmal schneller, als man denkt.«

Unwillkürlich musste Marla an Stefan und seine Verlobte denken. Sie nickte stumm.

»Es könnte also sein, dass Elias heute Abend zwar schick mit dir essen geht, dir dann aber eröffnet, dass es mit euch nichts werden kann, weil …«

»Ja, ja, schon kapiert.« Marla hob abwehrend die Hände. »Warum hast du mir eigentlich eingeredet, dass er mich toll findet?«

»Weil es ganz danach aussah«, verteidigte sich Rike. »Es tut mir leid, dass die Situation sich mittlerweile offenbar geändert hat. Ich habe dir wirklich gewünscht …«

»Schon gut«, unterbrach Marla sie. »Ich will jetzt nichts mehr hören. Weder von Elias noch von heute Abend und auch nichts über die T-Shirt- oder die Telefongeschichte. Okay?«

»Okay«, sagte Rike. »Triffst du dich trotzdem mit ihm?«

»Natürlich tu ich das«, sagte Marla entschieden.

Es war reiner Zufall, dass sie ihm wiederbegegnet war. Eigentlich hatte er nicht damit gerechnet, dass es in dieser großen Stadt passieren würde. Zuerst hatte er noch gehofft, sie würde ihn übersehen, immerhin war das Straßencafé gut besucht gewesen, und außerdem hatte er ihr den Rücken zugewandt. Inzwischen war er überzeugt davon, dass das Schicksal dieses Spiel mit ihm trieb, einzig und allein, um ihn zu prüfen, ob er gut genug über sie wachte – und natürlich auch über sich selbst.

Keine Ruhe hatte er sich in der Nacht gegönnt. Er hatte sich gezwungen, nicht zu schlafen, er hatte sich sogar überwunden, ihr zu signalisieren, wie nah er ihr war. Die Sprechmuschel hatte er mit einem Tuch überdeckt und seine Stimme ein wenig tiefer klingen lassen. Sie sollte nicht einmal ahnen, dass er es war. – Noch nicht!

Natürlich hatte es ihm wehgetan, als sie ihn anschrie, fast hätte er gerufen: Erkennst du mich denn nicht? Ich bin es doch. Hab keine Angst, ich bin bei dir. Du bist die Liebe meines Lebens, und irgendwann werden wir sehr, sehr glücklich sein.

Doch genau wie er, musste auch sie Geduld haben. Erst musste er ganz sicher sein, dass es keinen anderen in ihrem Leben gab. Ihre Liebe und ihre Sehnsucht nach ihm sollte wachsen, sie sollte einen Höhepunkt erreichen, den so noch nie ein Liebespaar zuvor erlebt hatte. Erst dann würde er sich ihr hingeben. – Ganz und gar.

4 FREITAG abend

Zwei Stunden überlegte Marla, was sie anziehen sollte. Sie wollte nicht, dass Rike recht hatte, sie wollte hübsch aussehen. Sie wollte, dass Elias in sie verliebt war und dass es für die zwölf verlorenen Tage, an denen er sich nicht gemeldet hatte, eine Erklärung gab, die sie ihm abnehmen konnte. An die Einladung zum Spanier, die anonymen Anrufe und das T-Shirt auf ihrem Bett entschied sie sich nicht mehr zu denken. Marla konzentrierte sich auf den Gedanken, dass Gereon dahinterstecken musste. Diese Vorstellung beruhigte sie. Gereon war ihr vertraut. Er würde sie vielleicht ein bisschen nerven, aber er war nicht gefährlich. Vor ihm brauchte sie nun wirklich keine Angst zu haben!

Marla probierte alles durch: den Jeansrock mit T-Shirt und Hemd darüber, das geblümte Kleid mit dem Hemd, die dunkle Samthose in Kombination mit einem einfachen T-Shirt und der Jeansjacke, doch nichts gefiel ihr, und am Ende hatte sie das Gefühl, überhaupt keine Klamotten zu besitzen, die in irgendeiner Weise vorteilhaft für sie waren.

»Nimm das, was du immer trägst«, sagte Rike schließlich, als sie auf dem Weg von ihrem Zimmer ins Bad an Marlas offen stehender Tür vorbeikam. »Entweder er mag dich so, wie du bist, oder …«

»Okay, okay«, sagte Marla. Sie schlüpfte in ihre Lieblingsjeans, zog ein frisches, olivfarbenes T-Shirt aus dem Schrank, brachte ihre Haare in Ordnung und trug einen Hauch Lipgloss auf. Das war's, das musste reichen. Und dann klingelte es auch schon.

»Ich drück dir die Daumen«, sagte Rike zum Abschied. »Aber bitte, mach dir nicht zu viele Hoffnungen.« Sie hauchte Marla einen Kuss auf die Wange. »Ich bleibe heute hier. Du kannst mich also jederzeit anrufen. Egal, wo du bist, ich komme sofort und hole dich nach Hause.«

Rike machte ein solch dramatisches Gesicht, dass Marla unwillkürlich lachen musste. »Danke«, sagte sie. Zu bemerken, dass sie sich im Falle eines Falles schon nicht am nächsten Baum aufknüpfen würde, verkniff sie sich. Trotzdem schlug ihr das Herz bis zum Hals, als sie auf die Haustür zuging, hinter deren Bleiglasscheibe Elias' Konturen verschwommen zu erkennen waren.

Zögernd legte Marla ihre Hand auf die Klinke. Sie atmete tief in den Bauch hinein, in der Hoffnung, dass ihre Aufregung nachlassen würde – vergeblich. Augen zu und durch, dachte sie. Was soll schon passieren, außer dass ich nachher vielleicht ein wenig ernüchtert und enttäuscht bin? Ich werde es überleben.

Entschlossen öffnete sie die Tür.

Elias begrüßte sie mit einem Lächeln und einem Kuss auf die Wange. Er trug ebenfalls eine Jeans, ein gestreiftes Hemd, das er lässig über einem T-Shirt geknöpft hatte, und eine kurze dunkle Jacke. Sein Lächeln war offen und direkt, er wirkte absolut entspannt.

»Du bist sehr pünktlich«, sagte Marla.

Er zuckte die Achseln. »Was möchtest du essen?«

»Ich dachte, du hättest schon was ausgesucht.«

»Ohne zu wissen, was du magst?« Er schüttelte den Kopf. »Ganz sicher nicht.«

Marla sah ihn verdutzt an. Er war es wirklich nicht, dachte sie. Er hat mir die Einladung zum Spanier nicht geschickt.

Elias berührte sie sanft an der Schulter. »Was ist?«

»Äh ... nichts«, sagte Marla. »Also, ich mag eigentlich alles außer riesige Steaks mit wenig Gemüse ...«

»Worauf hast du heute Abend Lust?«, unterbrach Elias sie, und Marla glaubte, eine leichte Ungeduld zu spüren.

»Indisch«, sagte sie schnell.

»Gut, indisch.« Elias deutete auf einen schwarzen VW-Polo. »Das passt. Denn ich bin heute sogar motorisiert.«

»Das ist also nicht dein Auto?«, fragte Marla, nachdem sie sich auf dem Beifahrersitz niedergelassen hatte.

»Nein, der Wagen gehört meinem Bruder.«

»Oh, ach so.« Marla griff nach dem Gurt und hakte ihn ein.

»Hast du keine Geschwister?«, fragte Elias. Er schnallte sich ebenfalls an und startete den Motor.

»Ich? Nein.«

»Hab ich mir fast gedacht.«

»Wieso?«, fragte Marla erstaunt.

Elias zuckte die Schultern. »Bloß so. Kann ich dir auch nicht erklären.«

Er setzte den Blinker und fädelte sich in den fließenden Verkehr ein. An der ersten großen Kreuzung bog er stadtauswärts ab. Elias lenkte den Polo zügig und sicher, so als ob er schon jahrelang Auto fuhr. Marla lehnte sich zurück und entspannte sich allmählich. Sie betrachtete seine Hände, die locker das Lenkrad umfasst hielten. Sie waren wirklich schön, und plötzlich sehnte Marla sich danach, dass diese Hände ihre nackte Haut berührten. Erschrocken über diesen Gedanken, wandte sie den Kopf zur Seite.

»Irgendwas nicht in Ordnung?«, fragte Elias.

»Doch, doch. Es ist nichts weiter.«

»Wir können auch in der Stadt bleiben, wenn es dir lieber ist«, sagte er. »Draußen in Eschholz gibt es zwar einen wirklich guten Inder, aber …«

»In Eschholz?«

»Ja. Kennst du ihn vielleicht?«

Marla schüttelte den Kopf. »Nein.«

»Ich bin mal mit meinen Eltern dort gewesen«, sagte Elias.

Aha, dachte Marla, er legt also Wert auf Familie.

Eigentlich war es unüblich, dass man über seine Eltern sprach. Mit Gereon, Tom, Karen und den anderen redete sie fast nie über familiäre Angelegenheiten. Alle wussten, dass Marla die Trennung eher belastete, das Ganze unnötig breitzuwalzen, wurde einhellig und ohne ein Wort darüber zu verlieren als unnötig empfunden.

»Mein Vater hat dort im letzten Jahr seinen Fünfzigsten gefeiert«, erzählte Elias. Er sah Marla grinsend von der Seite an. »Zum Glück. Sonst wäre mir auf die Schnelle nämlich gar kein indisches Restaurant eingefallen.«

Marla grinste zurück. Ihr Herz wurde leicht. Elias war gar nicht so, wie sie ihn anfangs eingeschätzt hatte. Kein Anflug mehr von Überheblichkeit und Arroganz.

»Oje«, sagte sie. »Wie hättest du dich in dem Fall bloß aus der Affäre gezogen?«

»Na ja, ich hätte versucht, mir nichts anmerken zu lassen«, gab er zu. »Und dann wäre ich in der Hoffnung, zufällig einen Inder zu finden, durch die Stadt gefahren. Notfalls hätte ich dir einen Perser aufgeschwatzt oder einen Thai.«

»Aha«, sagte Marla.

Elias sah sie von der Seite an. »Schlimm?«

»Überhaupt nicht. Ich weiß doch schon längst, dass du ein unverbesserlicher Angeber bist«, sagte Marla übermütig.

Elias nahm den Fuß vom Gas und lenkte den Wagen an den Straßenrand. Marla sah ihn erschrocken an. »Sorry«, presste sie hervor.

Elias stellte den Motor ab und machte eine abwiegelnde Handbewegung. »Nein, nein«, sagte er. »Das braucht dir nicht leidzutun.« Er musterte sie mit ernstem Blick. »Findest du mich wirklich überheblich?«

»Das hab ich so nicht gesagt«, beeilte sich Marla zu antworten.

»Aber gemeint?«

»Nein ... also ...«

»Also ja«, sagte Elias.

Marla schaute durch die Windschutzscheibe auf die Straße. Sie befanden sich bereits am nördlichen Stadtrand. Drei Kilometer weiter ging es rechts nach Eschholz hinaus.

»Ich möchte, dass du ehrlich bist.« Seine Stimme war leiser, aber sehr viel bestimmter geworden.

»Auf der Party, da warst du ...«, begann Marla, doch wieder ließ Elias sie nicht ausreden.

»Es tut mir leid, wenn ich dich überrannt habe«, sagte er. »Aber ich war so aufgedreht an diesem Abend, weil ich mich so gefreut habe, dich wiederzusehen, verstehst du?«

Marla schluckte. Sie nickte kaum merklich. Er meinte es also wirklich ernst mit ihr.

»Ich wollte, dass du den besten Eindruck von mir bekommst«, fuhr Elias fort. »Außerdem wollte ich verhindern, dass ein anderer mir zuvorkommt. Zuerst dachte ich, ich müsste mich gegen deinen Freund Gereon durchsetzen, später habe ich dann festgestellt, dass du dich mit jemand anderem zurückgezogen hattest. Ich wusste mir nicht mehr zu helfen, ich musste die Nummer mit der Kommode einfach machen …«

»Danach hättest du bleiben sollen«, sagte Marla.

»Das ging nicht.«

»Warum? Weil du noch zu deinem Freund musstest?«

»Nein.« Elias schüttelte den Kopf. »Ich habe es nicht mehr ausgehalten. Du bist die ganze Zeit so abweisend gewesen. Ich war mir nicht sicher, ob du mich überhaupt …« Er senkte den Blick. »Da hab ich dann eben alles auf eine Karte gesetzt und gehofft, dass du dich melden würdest.«

Deshalb also hatte er nicht angerufen!

»Und ich dachte, du hättest dir einen Spaß daraus gemacht, mich …« Marla konnte nicht weiterreden. Sie brachte es einfach nicht heraus. Außerdem hatte Elias seine Hand auf ihren Unterarm gelegt.

»Hab ich nicht«, sagte er leise. »Ganz bestimmt nicht.«

Sie sahen sich an. Marlas Haut brannte wie Feuer. Gleich küsst er mich, dachte sie. Aber Elias lächelte nur. »Möchtest du jetzt immer noch mit mir essen gehen?«, fragte er.

»Aber klar … natürlich.« Verlegen fuhr sich Marla durch die Haare. Elias nickte. Er startete den Wagen und fuhr weiter.

Zehn Minuten später erreichten sie das Restaurant. Sie fanden einen kleinen Tisch in einer gemütlichen Nische. Nachdem sie bestellt hatten, erkundigte sich Elias nach Marlas Ausbildung und nach ihrer Familie. Danach erzählte er bereitwillig von sich. Marla erfuhr, dass er Sport studierte und als kleiner Junge davon geträumt hatte, Zirkusdirektor zu werden.

Marla lachte. »Und?«, fragte sie. »Willst du das immer noch?«

»Nein«, sagte Elias. »Aber ich lasse keine Zirkusvorstellung aus.«

Marla musste grinsen. Plötzlich sah sie Elias als kleinen Jungen, der mit großen Augen zu den Trapezkünstlern unter der Kuppel eines festlich beleuchteten Zirkuszeltes hinaufsah.

»Warum lachst du?«

Marla zuckte die Schultern. »Ach nichts. Nur so.«

Elias richtete seinen Zeigefinger auf sie. »Ich wette, du hast dir gerade vorgestellt, wie ich mit Frack und Zylinder aussehe, hm?«

»So ähnlich«, sagte Marla.

Wieder sahen sie sich an. Die Pupillen in Elias' tiefblauen Augen weiteten sich. Eine feine, heiße Gänsehaut lief über Marlas Körper. Inzwischen bereute sie, dass sie sich auf der Party ihm gegenüber so *abweisend* verhalten hatte. Rike hatte recht: Marla war verliebt. Sie war es gleich gewesen, nur ihr blöder Schädel hatte es nicht einsehen wollen.

»Du hast also noch keine Vorstellung davon, was du später machen möchtest?«, fragte sie schließlich, nachdem sie sich etwas Dal mit Curryblumenkohl auf die Gabel geschoben hatte.

»Nicht direkt.«

»Und indirekt?«

»Ich würde gerne mit Kindern und Jugendlichen arbeiten«, erwiderte Elias zu ihrer großen Überraschung. »Irgendwas Sportlich-Künstlerisches. Nicht als Lehrer, sondern eher in Form von Freizeitgestaltung. Am liebsten würde ich so etwas wie ein fahrender Sport-und-Artistik-Coach werden, der mit einem Bus durch Europa düst und das Programm von Jugendfreizeiten aufpeppt.«

»Also doch so etwas Ähnliches wie ein Zirkusdirektor«, sagte Marla.

»Na ja, im weitesten Sinne vielleicht schon.« Elias aß ein wenig von seinem Huhn. »Wie findest du die Idee?«, fragte er schließlich.

»Nicht schlecht«, sagte Marla. »Wirklich nicht schlecht.«

Irgendwie passte das sogar zu ihrem eigenen Beruf. Das Reisebüro Weinrich organisierte zwar keine Jugendreisen, Marla konnte sich aber durchaus vorstellen, sich später auf so etwas zu spezialisieren. Warum nicht!

Als Elias Marla vor ihrer Haustür absetzte, war es zwanzig nach elf.

»Ich fand es toll«, sagte er. »Ich bin wirklich unglaublich froh, dass wir uns gestern zufällig über den Weg gelaufen sind, sonst wäre es womöglich nie mehr was geworden.«

»Ja«, sagte Marla. Sie unterdrückte den Reflex, ihn zu berühren.

Elias hob seine Hand und tippte zaghaft mit dem Zeigefinger auf ihre Nasenspitze. »Ich ruf dich an. Ganz bestimmt.«

»Ja«, sagte Marla noch einmal. Sie öffnete die Autotür und schob sich langsam auf den Bürgersteig hinaus. Von dort aus nickte sie Elias noch einmal zu. »Tschüs.«

»Ja, tschüs. Bis bald.« Er lächelte.

Marla schlug die Tür zu und winkte. Sie wartete darauf, dass er den Polo startete, aber offensichtlich wollte er ebenfalls warten, bis sie das Haus betreten hatte. Also wandte Marla sich um, kramte in ihrer Tasche nach dem Schlüssel und öffnete die Tür. Elias hupte. Als er losfuhr, schaltete er die Warnblinkanlage und die Scheibenwischer ein.

Marla lächelte. »Ich glaube, ich bin sehr in dich verliebt, Elias. Wer auch immer du wirklich bist und was auch immer du später mal machen willst«, murmelte sie.

Sie schloss die Wohnungstür hinter sich und streifte ihre Schuhe ab.

»Marla?« Rike kam aus ihrem Zimmer geschossen. Erwartungsvoll blickte sie der Freundin entgegen. »Wie war's?«

»Schön«, sagte Marla.

»Dann seid ihr jetzt also zusammen?«

»Keine Ahnung.«

»Habt ihr nicht geknutscht?«

»Nein.«

»Nicht mal zum Abschied?«

»Nein.«

Rike schüttelte den Kopf. »Das finde ich jetzt aber ein bisschen komisch.«

»Vielleicht ist er schüchterner, als es anfangs aussah«, erwiderte Marla. »Auf jeden Fall will er mich wiedersehen. Er hat versprochen, sich schon bald zu melden.«

Im selben Moment piepte ihr Handy.

»Das nenne ich auf den Punkt«, sagte Rike.

Mit fahrigen Fingern zog Marla das Handy aus der Tasche. Sie stellte sich vor, dass Elias noch immer mit eingeschaltetem Rundumblinker und winkenden Scheibenwischern durch die Stadt fuhr. Voller Ungeduld hatte er ihre Nummer gewählt, und als sie auf den Verbindungsknopf drückte, hörte sie ihn schon sagen: *Ich küsse dich.*

»Du gehörst mir«, sagte eine dumpfe Stimme. »Ich bin immer bei dir.«

Marla erstarrte.

»Was ist los?«, fragte Rike. Als Marla nicht reagierte, riss sie ihr das Handy aus der Hand. »Hallo! Hallo? Wer ist da?« Sie horchte, schüttelte den Kopf und brach die Verbindung ab.

»Jetzt hast du's selber gehört«, wisperte Marla.

»Nichts hab ich gehört«, erwiderte Rike. »Wer auch immer da angerufen hat, er hat nichts gesagt.«

»Es war nicht Elias«, sagte Marla tonlos. »Er kann es nicht gewesen sein.«

»Natürlich war er es nicht«, sagte Rike energisch, während sie das Handydisplay fixierte. »Hast du den Zettel mit der Nummer noch?«

»Welchen Zettel?«

»Den, auf dem ich Elias' Nummer notiert habe.«

»Es war nicht Elias«, wiederholte Marla. »Ich kenne doch seine Stimme.« Tränen schossen ihr in die Augen, sie sank auf den Hocker neben der Garderobe und hatte das Gefühl, dass alles in ihr zusammenbrach.

»Und außerdem hab ich den Zettel nicht mehr.«

Rike machte eine beschwichtigende Geste. »Ist auch egal. Er kann sowieso von überall angerufen haben.«

In diesem Moment klingelte das Handy ein zweites Mal. Rike schaltete es aus und ließ es in Marlas Tasche zurückgleiten. »Was hat er gesagt?«, fragte sie.

»›Du gehörst mir. Ich bin immer bei dir‹«, wiederholte Marla leise.

»Das ist kein Spaß mehr«, sagte Rike. »Gleich morgen gehst du zur Polizei.«

»Nein. Zuerst rede ich mit Gereon.« Marla stand vom Hocker auf, schleppte sich in ihr Zimmer und ließ sich aufs Bett fallen. »Ich muss vorher ganz sicher sein, dass er nichts damit zu tun hat«, sagte sie zu Rike, die ihr gefolgt war. »Kannst du bitte die Vorhänge zuziehen?«

»Klar, mach ich.« Rike fasste nach dem leuchtend blauen Stoff. »Vielleicht hast du recht, und es ist tatsächlich jemand, der in einer der Wohnungen dort drüben lebt und dich heimlich beobachtet. Ich frage mich allerdings ...«

Marla sah ihre Freundin an. »Was?«

»Woher so ein Fremder deine Handynummer hat.«

Marla kniff die Lippen zusammen. Das war eine gute

Frage. Und die Antwort darauf konnte eigentlich nur sein, dass der anonyme Anrufer sie kannte, ja, sie sogar sehr gut kennen musste. »Rike, bitte glaub mir«, sagte sie eindringlich. »Er war hier in der Wohnung. Er hat das T-Shirt aus dem Schrank genommen und auf mein Bett gelegt.« Sie schlug sich gegen die Stirn. »Ich bin doch nicht bescheuert.«

Rike zog die Vorhänge zu und sah ihre Freundin nachdenklich an.

»Dann kann es eigentlich nur Gereon sein«, sagte sie. »Oder Tom.«

»Eben«, sagte Marla. Sie wischte sich mit einem Zipfel ihrer Bettdecke über die Augen. »Und den beiden will ich ganz bestimmt nicht gleich die Polizei auf den Hals hetzen. Das muss sich, verdammt noch mal, doch auch so klären lassen.«

»Okay«, sagte Rike. »Heute Nacht ziehen wir den Telefonstecker raus. Und die Wohnungstür sichern wir auch.« Sie holte einen Stuhl aus der Küche und arretierte mit seiner Rückenlehne die Türklinke. Dann kam sie in Marlas Zimmer zurück. »Außerdem schlafe ich heute bei dir.«

Samstag

Trotz der Vorkehrungen, die Rike getroffen hatte, schlief Marla nicht besonders gut. Bei jedem Geräusch, das von der Straße oder aus einer der Nachbarwohnungen kam, schreckte sie auf. Um halb sechs am Morgen war sie schließlich hellwach, fühlte sich jedoch völlig zerschlagen. Wenn das so weiterging, würde sie in ein paar Tagen reif für die Mülltonne sein. Marla warf einen neidischen Blick auf ihre Freundin, die mit einem geradezu seligen Ausdruck auf dem hübschen Gesicht tief und friedlich schlummerte und dabei weitaus mehr als eine Betthälfte beanspruchte.

Warum ausgerechnet ich?, dachte Marla. Rike ist doch so viel attraktiver. Vorsichtig schob sie die Decke zurück, schlüpfte aus dem Bett und huschte ins Bad. Forschend betrachtete sie sich im Spiegel. Ihr schmales Gesicht war blass, und unter den großen braunen Augen hatten sich ovale, dunkle Schatten gebildet. Marla fand ihre Nase zu klein und ihre Oberlippe zu voll. Plötzlich konnte sie sich überhaupt nicht mehr vorstellen, dass ein solcher Traumtyp wie Elias sich ausgerechnet in sie verliebt haben sollte.

»Er hat dich nicht geküsst«, sagte sie zu ihrem Spiegelbild. »Genau genommen hat er sich geradezu davor gedrückt.« Sie wandte sich ab und ließ sich auf den Klodeckel sinken. Aber was wollte er dann von ihr?

Marla schloss die Augen und holte sich die Stimme des anonymen Anrufers ins Gedächtnis zurück. Er hatte sie zweifellos verstellt. Konnte es also vielleicht doch Elias gewesen sein? Und was ihre Handynummer betraf: Die hätte sich problemlos jeder besorgen können, der jemals in der Wohnung gewesen war. Beispielsweise während der Party. Die Nummer hing an der Pinnwand und war sowohl auf ihrem eigenen als auch auf Rikes Handy sowie im Festnetzgerät gespeichert. Niemand konnte wissen, ob nicht doch jemand aus den gegenüberliegenden Häusern auf der Party gewesen war.

Von einer plötzlichen Wut gepackt, sprang Marla auf. Rike war schuld. Rike mit ihrer bescheuerten Idee, auch Fremde in die Wohnung zu lassen. Sie stieß die Badezimmertür auf und stürzte in den Flur. Doch dann besann sie sich. Es hatte ja keinen Sinn, es war ohnehin gelaufen, und wahrscheinlich hatte Rike sich längst ihre eigenen Gedanken darüber gemacht. Vorwürfe brachten rein gar nichts. Nein, Marla würde sich erst einmal Gereon vorknöpfen. So, wie sie es sich ohnehin vorgenommen hatte.

Es war kein Problem, Gereon zu einem spontanen Treffen zu bewegen. Er schien fast darauf gewartet zu haben. »Ich hoffe, unser gemeinsamer Kinoabend und die Einladung zum Essen morgen sind damit nicht passé«, sagte er zur Begrüßung.

»Ach Quatsch«, sagte Marla. Sie lehnte Rikes Fahrrad gegen den Zaun des Biergartens. Gereon hatte vorgeschlagen, sich mit den Rädern am See zu treffen. Das Wetter war sonnig und warm, wie geschaffen also für einen entspannten Nachmittag im Grünen.

Sie setzten sich im Schatten eines Ahorns an einen kleinen freien Tisch und bestellten eine Cola.

»Und?«, fragte Gereon. »Hast du dich gut eingelebt?«

Marla zuckte die Schultern.

»Morgen wirst du es ja sehen. Die Zimmer sind zumindest fertig eingerichtet. Meins jedenfalls. Rike stellt immer noch um.«

»Zimmer«, sagte Gereon. »Möbel. Was sagen die schon

aus?« Er tippte mit dem Finger auf Marlas Brust. »Entscheidend ist, wie es da drin aussieht.«

»Du meinst, ob ich mich in der Wohnung wohlfühle?«

»Zum Beispiel.«

»Eigentlich schon.«

»Und uneigentlich?«, erwiderte Gereon. Er machte eine abwehrende Geste. »Ach, ich weiß schon: Dein Vater geht dir auf die Nerven, stimmt's?«

»Geht so«, sagte Marla. Sie wartete, bis der Kellner zwei Bierdeckel auf den Tisch gelegt und die Colagläser daraufgestellt hatte. Erst als er sich dem Nebentisch zugewandt hatte, redete sie weiter. »Es ist eher, weil ich ...« Marla sah auf ihre Hände, die nervös das Glas hin und her drehten. Sie konnte doch nicht einfach mit der Tür ins Haus fallen.

Da fasste Gereon ihr plötzlich in die Haare und schob ihr eine Locke aus dem Gesicht. »Du hast dich verliebt!«

»Ja.« Marla sah ihn an.

Gereon lächelte. Er umschlang ihre Schultern und drückte sie an sich. »Das freut mich für dich«, murmelte er. »Ich kann dir gar nicht sagen, wie.« Seine Nasenspitze berührte ihre. »Du bist doch nicht unglücklich, oder?«

»Nein.« Marla versuchte, sich aus seiner Umarmung zu befreien. »Gereon, bitte.«

»Was ist denn?«, murmelte er.

»Lass mich bitte«, sagte Marla. »Ich glaube, du verstehst da was falsch. Ich bin doch nicht in dich ...«

»Ich weiß«, erwiderte Gereon leise. Er neigte den Kopf zur Seite und küsste ihren Mund. Er küsste Marla sanft. Sie spürte seinen warmen Atem auf dem Gesicht und gab ihren Widerstand auf. Gereon fuhr mit seiner Zungenspitze über ihre Unterlippe und öffnete ihren Mund. Marla küsste ihn wieder. Sie wollte nicht, aber sie konnte nicht anders. Es war wie ein Befreiungsschlag.

Nach einer Weile lockerte Gereon seinen Griff. Er strich Marla über den Rücken und löste sich langsam von ihr. »Ich hätte es nicht ertragen«, sagte er.

»Was?«

»Dass du dich einem anderen hingibst, ohne dass ich dich jemals geküsst habe.«

»Gereon!«, rief Marla empört.

»Jetzt reg dich doch nicht auf«, sagte er. »Was ist denn schon dabei? Dieser Kuss war doch längst überfällig.«

Marla schüttelte den Kopf. Was hatte er sich nur dabei gedacht? Und sie? Wie hatte sie diesen Kuss erwidern können!

»Ich habe mich nämlich auch verliebt«, sagte Gereon. »Sie heißt Anne und ist wunderhübsch und sexy. Ich kann mit ihr über alles Mögliche reden, aber wenn ich sie im Arm halte, denke ich immer an dich und daran, dass wir jetzt vielleicht zusammen wären, wenn ...«

»Gereon, verdammt noch mal!« Marla wollte aufspringen. Aber er schnappte nach ihrem Handgelenk und hielt sie fest. »Jetzt fühl doch endlich mal da hinein«, sagte er und tippte ihr abermals mit dem Finger auf die Brust.

Marla seufzte leise. »Was willst du eigentlich?«

»Nichts weiter«, sagte Gereon. »Bloß diesen einen Kuss.«

»Und jetzt?«

»Hoffe ich, dass ich mich endlich voll und ganz auf Anne einlassen kann.«

Marla sah ihm in die Augen.

»Ach so, dann war dieser Kuss eben also eine ganz fürchterliche Erfahrung, ja?«

Gereon ließ sie los. Er trank seine Cola aus und schüttelte den Kopf. »Im Gegenteil«, sagte er. »Aber darum geht es doch gar nicht. Verstehst du, Marla, ich war so lange so sehr in dich verliebt, dass ich fast verrückt geworden wäre. Aber ich hatte Angst, dass unsere Freundschaft zerbricht, wenn diese Verliebtheit vielleicht nicht reicht. Ich habe gespürt, dass es dir genauso geht, und da hab ich gewusst, dass ich es gar nicht erst versuchen muss. Marla, ich mag dich«, fuhr er eindringlich fort. »Ich mag dich wie eine Schwester, wie eine Freundin und wie eine Frau. Trotzdem habe ich mich in Anne verliebt. Wir sind schon seit drei Monaten zusammen.«

»Aber …?«

»Ich konnte es dir nicht erzählen«, fuhr Gereon unbeirrt fort. »Ich habe nicht einmal gewagt, Anne mit auf eure Party zu bringen.«

»Du bist vielleicht bescheuert«, sagte Marla. »Es wäre gut gewesen, wenn du es getan hättest. Und noch besser wäre es gewesen, wenn du mich nie geküsst hättest«, stieß sie aufgebracht hervor. Diesmal war sie schnell genug. Sie sprang auf und rannte los.

»Marla!« Gereon wollte sie an der Jacke festhalten, aber der Kellner, der gerade mit einem Tablett voller Getränke den Nebentisch ansteuerte, stellte sich ihm in den Weg. »Besser, Sie lassen die junge Dame in Ruhe«, hörte Marla ihn sagen, während sie auf den Ausgang zueilte. Und sie hörte auch noch, was Gereon antwortete:

»Ach, Sie haben ja keine Ahnung. Das hier ist eine reine

Privatsache. Ich tu dem Mädchen schon nichts. Ich mag sie, ich würde ihr niemals in irgendeiner Form Gewalt antun.«

Marla schwang sich aufs Rad und raste los. Gewalt antun. Das hatte Gereon doch tatsächlich gesagt. GEWALT – ein Wort, das sie bisher nie mit ihm in Verbindung gebracht hätte. Gereon war ihr Freund. Und heute hatte er mit einem Kuss alles zerstört. Dieser elende Heuchler! Wahrscheinlich hatte er sich tatsächlich noch immer Hoffnungen gemacht. Er hatte gewartet. Wochen. Monate. Jahre. Er hatte gewusst, dass sie sich nicht so mir nichts, dir nichts auf ihn einlassen würde. Schließlich kannte er sie. Er kannte sie verdammt gut. Ja, und dann hatte er auf der Party mit ansehen müssen, wie sie sich mit Stefan unterhielt und von Elias umschmeichelt wurde. Wahrscheinlich waren bei Gereon sämtliche Sicherungen durchgeknallt. Heute hatte er es riskiert und ihr diesen Kuss aufgezwungen. Okay, sie hatte nachgegeben. Sie hatte ihn wiedergeküsst, was sie niemals hätte tun dürfen. Aber zum Glück schien Gereon wenigstens gleich gemerkt zu haben, dass er seine Hoffnungen nun endgültig begraben musste, und da hatte er eben die Geschichte mit Anne erfunden. Wenn sie eins und eins zusammenzählte, kam sie zu dem Schluss, dass tatsächlich er der anonyme Anrufer sein musste.

Marla stoppte. Sie kramte ihr Handy hervor und schrieb:

wenn du mich nicht in ruhe lässt, zeige ich dich an.
das essen morgen fällt natürlich aus. der kinobesuch
heute auch. mach's gut.
marla

Sie suchte Gereons Nummer aus dem Speicher und schickte die Nachricht los. Danach fühlte sie sich besser.

Rike war nicht zu Hause. Auf dem Küchentisch fand Marla einen Zettel.

> *Stell dir vor, Carlo ist krank, und Isabella hat mich gefragt, ob ich heute mit ihr nach Dortmund aufs Peppers-Konzert fahre. Konnte ich da Nein sagen?*
> *Ich hoffe, du hattest einen schönen Tag mit Gereon. Vielleicht wäre er ja doch der Richtige??? Vergiss Elias. Ich glaube, das ist besser.*
> *Bussi von Rike*

Marla ließ sich auf ihren Stuhl fallen. Sie las den Brief noch einmal, dann knüllte sie ihn zusammen und warf ihn in den Mülleimer. Rike und ihre Schnellschüsse! Hätte sie nicht erst mal abwarten können, was Marla ihr erzählte? Sie konnte doch gar nicht wissen, was an diesem Nachmittag passiert war. »Ich werde Elias nicht vergessen«, murmelte sie trotzig. »Im Gegenteil. Bei unserem nächsten Treffen werde ich *ihn* küssen!«

Marla überlegte, ob sie Karen, Chloe oder Nora anrufen sollte, verwarf diesen Gedanken aber sogleich wieder. Die Geschichte mit Gereon ging im Grunde niemanden etwas an. Wozu sollte sie ihn jetzt noch vor ihren gemeinsamen Freunden bloßstellen? Eigentlich war doch alles klar. Gereon hatte sich einen dummen Scherz mit ihr erlaubt. Inzwischen war Marla sogar bereit, ihm sein Handeln als Verzweiflungstat durchgehen zu lassen. Ja, sie würde Gereon verzeihen. Und niemand würde etwas von der Sache erfahren, nicht einmal Rike. Wenn die Anrufe jetzt aufhörten, würde spätestens in ein paar Tagen niemand mehr darüber reden. Und sobald es mit ihr und Elias endlich richtig lief, würde Rike auch nicht mehr versuchen, ihn ihr auszureden.

Je länger Marla über diesen Umstand nachdachte, desto weniger konnte sie das widersprüchliche Verhalten ihrer Freundin einordnen. Immerhin hatte Rike ihr Elias anfangs ja geradezu aufgedrängt, während sie inzwischen mit ihren Bemerkungen genau in die entgegengesetzte Richtung zielte. Aber wahrscheinlich konnte Rike doch nicht mitansehen, wie der Typ, den sie selber gut fand, ihre beste Freundin und Wohngenossin vorzog. – Wie auch immer, sie würde sich damit abfinden müssen!

Plötzlich war Marla Gereon fast dankbar für den Kuss. Sie angelte nach ihrer Umhängetasche und holte ihr Handy hervor. Kurz nachdem sie es eingeschaltet hatte, gab es einen Signalton von sich, der eine eingegangene SMS ankündigte.

warum verstehst du nur immer alles falsch?
gereon

keine panik, ich verzeih dir, trotzdem will ich dich jetzt erst mal nicht mehr treffen,

antwortete Marla und schickte gleich anschließend noch eine Nachricht an Tom.

bitte sei mir nicht böse, aber ich muss die einladung zum essen verschieben. das ganze wird aber nachgeholt, versprochen! wenn du wissen willst, warum, frag gereon. wenn er schweigt, dann nimm es bitte einfach hin.
kuss, marla

Danach stellte sie endlich einen neuen Klingelton ein: die Notenabfolge einer Salsa-Melodie. Wunderbar!

Marla stand auf und tanzte durch die Küche. Jetzt musste nur noch Elias anrufen und ein Date für diesen Abend ausmachen.

Eigentlich war es ihm zuwider, ihr Angst machen zu müssen, aber sie hatte es nicht anders gewollt. Sie hatte ihn geküsst, und das war für ihn ganz eindeutig der Beweis, dass sie ihn liebte. Immer noch.

Er würde sie zu ihrem Glück zwingen müssen.

Er würde alles dafür tun.

Er würde ihr sogar Schmerzen zufügen oder, sollte sie ganz und gar uneinsichtig sein … mit ihr zusammen diese Welt verlassen.

Aber noch war es nicht zu spät. Noch hatte er Zeit genug, sie zu überzeugen. Er würde ihr nicht zu nahetreten. Es würde ihm unendlich schwerfallen, aber dieses Opfer nahm er vorerst gerne in Kauf. Schließlich sollte sie sich nach ihm verzehren. Erst wenn sie diese quälende Sehnsucht, dieses Begehren, das er ihr entgegenbrachte, auch in sich selbst spürte, würde sie sich ihm ganz hingeben können.

Diese Möglichkeit wollte er nicht zerstören. Jetzt noch nicht.

Sie hatte diese Chance verdient. Noch konnte ihre Liebe wachsen. Noch war es nicht zu spät …

5 SAMSTAG abend

Elias rief nicht an. Marla hatte gewartet und gewartet. Irgendwann war sie drauf und dran gewesen, Rike anzusimsen und sie zu bitten, seine Nummer aus ihrem Handyspeicher zu suchen. Doch dann hatte sie sich anders besonnen. Elias sollte bloß nicht den Eindruck haben, dass sie ihm hinterherlief. Außerdem hatte er versprochen, sich zu melden. Und wenn er nicht gelogen hatte, würde er sie ganz bestimmt kein zweites Mal versetzen.

Energisch rief Marla sich zur Ordnung. Sie würde sich jetzt verdammt noch mal zusammenreißen! Der Typ, der imstande war, sie aus dem Gleichgewicht zu bringen, musste ja wohl erst noch geboren werden! Außerdem war ein Abend, den sie ganz für sich allein hatte, doch genau das, was sie brauchte. Ein Abend ohne Rikes Kommentare und Ratschläge. Ein Abend, an dem Marla alles, was heute und an den vergangenen Tagen passiert war, nicht diskutieren musste. Ein Abend zum Abhängen. Und zwar zuerst in der Badewanne und anschließend mit einer Tasse Tee und ein paar Keksen vor dem Fernseher. Und dabei würde sie sich nicht einmal von einem Anruf stören lassen.

Während das Wasser einlief, checkte Marla noch schnell ihre E-Mails, aber außer einem Haufen Spam-Nachrichten und ein bisschen Werbung fand sie nur eine E-Mail von Chloe, die ihr ein witziges Foto von einer Katze schickte, der ein Wellensittich auf dem Kopf saß.

Schnapp ihn dir! LG Chloe.

Die E-Mail war von Freitag. Marla sparte sich eine Antwort, kappte die Internetverbindung und fuhr Windows herunter.

Eine halbe Stunde später lag sie bis zum Hals im wohlig warmen, nach Orangenblütenöl duftenden Badewasser. Auf der Ablage unter dem Spiegel und der winzigen Fensterbank hatte sie Kerzen und Teelichter aufgestellt, die den kleinen Raum in ein weiches, sanft flackerndes Licht tauchten.

Marla hatte die Augen geschlossen und dachte an Elias. Anfangs hatte sie sich noch vehement dagegen gewehrt, vergeblich allerdings, und so hatte sie sich schließlich damit beruhigt, dass es besser war, als über Gereon nachzugrübeln. Inzwischen war Elias so präsent, dass sie den Geruch seiner Haut wahrzunehmen glaubte. Natürlich nur in ihrer Vorstellung, denn der Abschiedskuss auf der Party war dann doch zu flüchtig gewesen. Seine Stimme allerdings, seine schönen perlweißen Zähne und das Blitzen in seinen Augen, wenn er lächelte, entsprachen absolut der Realität. Marla seufzte leise. Wirst du mich beim nächsten Mal endlich richtig küssen?, dachte sie. Sehnsüchtig strich sie mit den Fingerspitzen über ihre Lippen und versuchte sich vorzustellen, dass es Elias' Mund wäre, seine Lippen, die zärtlich mit ihren spielten.

Ein Geräusch im Flur ließ sie zusammenfahren. Wie ertappt schoss Marla aus dem Wasser hoch. »Rike? Rike, bist du das?«

Keine Antwort. Und eigentlich war es auch noch viel zu früh. Das Konzert dauerte sicher bis mindestens elf, und ehe Rike aus der Halle war und in der Bahn saß, verging garantiert noch einmal eine halbe Stunde. Vor Mitternacht würde sie auf keinen Fall zu Hause sein.

Marla heftete ihren Blick auf die Badezimmertür und lauschte angestrengt. Möglicherweise hatte sie sich ja geirrt und … Nein, da war was! Ein langsames, leises Tappen, das Parkett knirschte, und schließlich vernahm sie ein zartes, kaum hörbares Klopfen an der Badezimmertür.

Marla wurde stocksteif.

»Wer ist da?«, presste sie hervor. Ihr Hals war wie zugeschnürt, und die Angst kroch ihr den Rücken hinauf. Zitternd zog Marla die Beine an die Brust und umklammerte ihre Knie.

Das Klopfen an der Tür wurde lauter.

»Bitte«, wisperte Marla. »Bitte nicht.«

Gebannt fixierte sie den Schlüssel. Hatte sie ihn herumgedreht oder nicht? – Marla erinnerte sich nicht mehr. Im nächsten Moment bewegte sich die Klinke. Langsam wurde sie heruntergedrückt. Marlas Herz trommelte wie verrückt. Ihr Atem stockte, dann hörte sie das Stoßen gegen das Holz. Die Tür bewegte sich nicht. Marla sank in sich zusammen. Fast hätte sie losgeheult. Sie hatte abgeschlossen, sie war also sicher. Jedenfalls für ein paar Minuten.

Vorsichtig erhob sie sich aus dem Badewasser. Ohne

auch nur das leiseste Plätschern zu verursachen, stieg sie über den Wannenrand, schnappte sich ein großes dunkelblaues Handtuch und wickelte sich hastig darin ein. Unschlüssig sah sie zum Fenster. Es war wirklich winzig, aber vielleicht passte sie ja trotzdem hindurch.

Marla pustete die Kerzen aus, nahm sie vom Sims herunter und warf sie ins Waschbecken. Die Aluhülsen der Teelichter klackerten auf dem Email. Noch einmal warf sie einen Blick auf die Klinke. Sie stand waagerecht. Das Klopfen an der Tür hatte aufgehört, im Flur war alles still. Die Vorstellung, dass dahinter jemand auf sie lauerte – egal, ob sie ihn kannte oder nicht – und vielleicht noch Stunden ausharrte, bis sie endlich herauskam, jagte Marla einen eiskalten Schauer über den Körper. Nein, sie musste hier weg, und zwar so schnell wie möglich!

Entschlossen schob sie den eckigen Wäschekorb unter das Fenster, kletterte auf den Deckel und legte den Griff um. Das Fenster öffnete sich unter leisem Quietschen. Marla hob sich auf die Zehenspitzen und spähte hinaus. Bis zum Bürgersteig vor dem Haus waren es höchstens zwei Meter. Doch Marla wurde sehr schnell klar, dass sie, selbst wenn sie ihre Schultern irgendwie durch die Öffnung winden könnte, spätestens mit den Hüften darin stecken bleiben würde. Sie konnte nicht fliehen. Ihre einzige Chance bestand darin, jemanden um Hilfe zu rufen.

Abgesehen von ein paar vorbeifahrenden Autos war die Straße menschenleer. Den Gedanken, einfach ziellos in die Dunkelheit hinauszubrüllen, in der Hoffnung, dass irgendjemand sie schon hören würde, verwarf sie jedoch. Ihr Instinkt sagte ihr, dass es besser war, sich ruhig zu verhalten.

Und während sie wieder vom Wäschekorb heruntersteig, grübelte sie darüber nach, wie es möglich war, das jemand in die Wohnung hatte gelangen können. Da fiel ihr siedend heiß ein, dass Rike nach der Party ihren Schlüssel vermisst hatte. Marla wusste nicht, wie lange er verschwunden oder wo und ob er überhaupt wiederaufgetaucht war. Rike hatte kein Wort mehr darüber verloren, und da sie tags darauf problemlos in die Wohnung gekommen war, hatte Marla auch nicht nachgefragt. Verdammt! Vielleicht hatte Rike einfach den gemeinsamen Ersatzschlüssel genommen und eine Kopie anfertigen lassen. Und das Original befand sich im Besitz desjenigen, der jetzt bei ihnen eingedrungen war!

Marla überlegte. Wie spät mochte es sein? Wie lange würde es im ungünstigsten Fall noch dauern, bis Rike nach Hause kam? Und was würde dann passieren? Rike hatte doch keine Ahnung, dass sich ein Fremder in der Wohnung befand. Würde sie ihn notfalls überwältigen können? Ein Fremder oder einer aus ihrem Freundeskreis, wer auch immer er war, er wusste garantiert genauestens über sie Bescheid. Er hatte beobachtet, wie Rike die Wohnung verließ, vielleicht wusste er sogar, dass sie auf ein Konzert gegangen war. – Moment mal … Wer hatte Rike eingeladen? Isabella! Weil Carlo – angeblich? – krank war und nicht mitkonnte?

»Nie und nimmer!«, murmelte Marla. »Jetzt fängst du wirklich an zu spinnen.« Nein, der da draußen im Flur, das war entweder Gereon oder ein völlig Fremder, der zwar ihre Party besucht hatte, aber niemandem sonderlich aufgefallen war, oder … »Simon«, wisperte Marla. Natürlich!

Rike hatte zwar behauptet, dass sie ihm keinen Schlüssel gegeben habe, aber vielleicht hatte sie es inzwischen ja doch getan.

Zögernd ging Marla auf die Tür zu und drückte ihr Ohr dagegen. Im Flur war noch immer kein Laut zu hören. »Simon!«, rief sie. »Simon, bist du das?«

Anstelle einer Antwort ertönte leise Musik. Corinne Bailey Rae, die CD, die Rike sich kürzlich von ihr ausgeliehen hatte! Wahrscheinlich war Simon in ihr Zimmer gegangen, um dort auf Rike zu warten.

Eine unendliche Erleichterung machte sich in Marla breit. Fast hätte sie laut aufgelacht. Wie bescheuert sie doch war! Sie nahm ein frisches Handtuch aus dem Regal und legte es um ihre nassen Haare. Dann rubbelte sie sich trocken und cremte sich ein. Zum Glück hatte sie auch ihren Jerseyanzug mit ins Bad genommen. Schließlich war Simon ein Fremder für sie, dem sie auf gar keinen Fall in Unterwäsche begegnen wollte.

Zehn Minuten später war Marla fertig. Ihre Locken hatte sie nur ein wenig mit dem Handtuch ausgedrückt und im Nacken zusammengebunden. Sie cremte sich das Gesicht ein und hängte noch schnell die feuchten Sachen über den beheizbaren Handtuchhalter, bevor sie den Schlüssel herumdrehte und in den unbeleuchteten Flur trat.

»I get so breathless, when you call my name«, sang Corinne Bailey Rae.

Rikes Zimmertür war angelehnt. Ein schmaler Lichtstreifen teilte die schmale Diele in zwei Teile. Marla überlegte, ob sie Simon begrüßen sollte, da bemerkte sie am Ende des Flurs einen mannshohen schwarzen Schatten.

Marla erstarrte. Sie hörte auf zu atmen und setzte lautlos einen Fuß ins Badezimmer zurück. Da löste sich der Schatten aus der Dunkelheit, kam ein paar Schritte auf sie zu und verschwand, ehe sie jemanden erkennen konnte. Marla hörte nur noch, wie die Wohnungstür ins Schloss fiel.

»Simon!« Ihre Hand tastete nach dem Lichtschalter. – Klack! Von einer Sekunde auf die andere war der Flur in das warme Licht der beiden altmodischen Wandleuchten getaucht, die Rike rechts und links neben dem Garderobenspiegel angebracht hatte.

»Simon!«

Marla stieß Rikes Zimmertür auf. Die Nachttischlampe brannte. Corinne Bailey Rae sang: »... so don't tell me you don't see, what I'm thinking of ...«

Das Zimmer war leer. Marla rannte zur Wohnungstür. Sie wollte sie aufreißen, blieb dann aber doch nur atemlos davor stehen. Es war Simon, es musste Simon gewesen sein. Wahrscheinlich hatte er nicht länger auf Rike warten wollen, sondern spontan beschlossen, sie an der Westfalenhalle abzuholen. Trotzdem war es vielleicht besser, wenn sie die Wohnungstür abschloss.

Marla durchquerte den Flur und betrat ihr Zimmer. Sie schaltete das Deckenlicht ein, nahm ihre Tasche und suchte den Schlüsselbund heraus. Erst als sie sich umwandte und zurücklaufen wollte, bemerkte sie die Rosenblätter auf ihrem Bett. Ihr Handy spielte die Salsa-Melodie. Wie in Trance griff Marla danach.

»Du gehörst mir. Mir allein«, sagte die Stimme.

Marla schrie. Sie öffnete ihre Hand und ließ das Handy zu Boden fallen wie ein ekliges Insekt. Dann flüchtete sie aus ihrem Zimmer und rannte hinüber in Rikes, wo auch niemand war außer der Stimme von Corinne Bailey Rae.

»Why don't you realise ...?«

Marla schlug auf den Ausschaltknopf des CD-Players. Sie zog Rikes Decke vom Bett und verkroch sich zitternd in die Ecke hinter der Schrankwand.

Die Salsa-Tonfolge ihres neu eingestellten Klingeltons ertönte. Marla presste sich die Hände auf die Ohren. Dann ging das Telefon. Es läutete alle zwei Minuten. Marla zog sich die Bettdecke über den Kopf.

Es dauerte ewig, bis Rike endlich heimkam. Marla hörte, wie sie die Tür ins Schloss warf, wie das Brrt-Brrt des Telefons mittendrin unterbrochen wurde und kurz darauf eine wüste Schimpfkanonade losbrach.

»Du Arschloch! Wenn du noch ein einziges Mal hier anrufst, kneife ich dir höchstpersönlich die Eier zusammen, kapiert!« Dann eilige Schritte. »Marla, Marla! Wo steckst du, verdammt noch mal?«

»Hier«, erwiderte Marla viel zu leise, aber sie hatte einfach keine Kraft mehr, lauter zu rufen.

Schließlich stand Rike vor ihr, mit glühenden Augen und geröteten Wangen, die dunkelblonden Haare nachlässig zusammengesteckt. »Jetzt ist endgültig Schluss«, sagte sie. »Jetzt rufen wir die Polizei.«

Die Beamten kamen gegen vier Uhr früh. Marla erzählte ihnen von den Anrufen. Sie zeigte ihnen die Rosenblätter auf ihrem Bett und äußerte die Vermutung, dass einer ihrer eigentlich guten Freunde dahinterstecke.

»Ein hübsches Mädchen wie Sie hat keinen guten männlichen Freund«, sagte der ältere der beiden Polizisten so, als zitierte er eine wissenschaftlich fundierte Gesetzmäßigkeit. Er war kaum größer als Marla, hatte kurze rötlich blonde Haare und einen leichten Bauchansatz.

»Sie brauchen ein neues Schloss«, sagte der andere. Seine Augen waren so dunkel wie Lakritz und seine Handrücken extrem behaart.

»Und eine Kette. Und da Sie parterre wohnen, sollten Sie auch die Fenster sichern lassen.«

»Alle?«, fragte Rike.

»Natürlich alle.«

Marla stöhnte. »Und wer soll das bezahlen?«

Der rotblonde Beamte gab ihr den Personalausweis zurück. »Vielleicht Ihre Eltern? Immerhin sind Sie noch nicht volljährig.«

»Was tut das zur Sache?«, erwiderte Rike angriffslustig.

Der jüngere Polizist hob abwehrend seine behaarten Hände. »Nichts.«

»Okay, dann werden Sie Gereon Röhmer also überprüfen?«, erwiderte Rike.

Der Rotblonde nickte. »Den auch.«

»Wen noch?«

»Das werden wir bald wissen«, erwiderte der Beamte.

Während sein Kollege die Rosenblätter einzeln mit einer Pinzette von Marlas Bettdecke pflückte und in eine Plastiktüte fallen ließ, zog er ein Handy aus seiner Brusttasche und gab die Nummer des letzten Anrufs, den Marla diesmal zum Glück nicht gelöscht hatte, an die Zentrale durch. »Dauert bestimmt nicht lange«, sagte er anschließend und nickte Marla väterlich zu. »Warum sind Sie nicht einfach noch eine Weile zu Hause wohnen geblieben?«

»Ich komm schon klar«, erwiderte sie.

»Und ich meine ja nur«, sagte der Beamte.

»Sie wissen ja nicht …«, brauste Rike auf, doch Marla legte ihr beschwichtigend die Hand auf den Arm.

»Und es geht mich auch nichts an«, sagte der Polizist. »Zumindest nicht, solange nichts passiert ist.«

»Was soll denn passieren?« Rikes Stimme überschlug sich fast. »Finden Sie einfach diesen Scheißkerl, und die Sache ist erledigt. Dann brauchen wir auch keine Fenstersicherungen.«

»Ich sag ja auch gar nicht, dass etwas passiert. Die meisten Stalker begnügen sich damit, ihre Opfer in Angst und Schrecken zu versetzen.« Der Beamte ließ sich auf den Schreibtischstuhl sinken, fixierte Marla und fuhr mit seiner Erläuterung fort. »Solange er das Gefühl hat, dass er Ihre volle Aufmerksamkeit genießt und sich Ihre Gedanken ganz allein um ihn drehen, sind Sie relativ sicher.«

»Sicher?«, keifte Rike. »Das nennen Sie also sicher, wenn ein wildfremder Typ in unserer Wohnung herumspaziert, nach Lust und Laune Musik hört und seine Duftmarke auf Marlas Bett hinterlässt?«

Der Polizist seufzte. »Ich weiß, wie Sie sich fühlen …«

»Genau das wissen Sie eben nicht«, sagte Marla leise.

Der Polizeibeamte blickte betreten auf seine Knie. »Okay«, erwiderte er, nachdem er sich geräuspert hatte. Er schlug sich auf die Oberschenkel und erhob sich wieder. »Selbstverständlich bekommen Sie eine neue Telefonnummer, die vorerst geheim bleibt und die auch Sie nur ausgewählten Menschen geben sollten. Ihren Eltern beispielsweise und …«

»Schon gut«, unterbrach Rike ihn. »Wir haben es kapiert!«

Der Beamte nickte. »Und eine neue Handynummer.«

Rike stöhnte. »Ja, ja!«

»Hör auf«, sagte Marla. Am liebsten hätte sie alle drei aus dem Zimmer geschmissen, Tür und Fenster verriegelt und sich ins Bett verkrochen. Sie war unendlich erschöpft und müde, und außer einem Anruf von Elias wünschte sie sich in diesem Augenblick nichts sehnlicher, als von der ganzen Welt in Ruhe gelassen zu werden. »Ich kann nicht mehr«, murmelte sie. Tränen traten in ihre Augen. Sie schlug die Hände vors Gesicht und heulte lautlos hinein.

»Sehen Sie …«, sagte Rike empört. Im selben Moment klingelte das Handy in der Brusttasche des Polizisten. Sein junger Kollege verschloss die Plastiktüte mit den Rosenblättern und sah den Rotblonden mit hochgezogenen Brauen an. Der holte das Handy hervor, meldete sich und lauschte. »Gut«, sagte er schließlich. »Das bringt uns nur leider nicht weiter.« Er kappte die Verbindung und schob das Handy in seine Brusttasche zurück. »Hinter der Nummer verbirgt sich ein Familienvater. Er ist Mitte vierzig und arbeitet bei der Finanzdirektion. Er wohnt am anderen Ende der Stadt und hat sein Handy inklusive Aktentasche mit wichtigen Unterlagen und all seinen Papieren vor circa zwei Monaten als gestohlen gemeldet.«

Marla sank in sich zusammen. »Dann ist es nicht Gereon. Auf so eine Idee käme der gar nicht.«

Sonntag abend

Um kurz vor sieben stand Elias vor der Tür.

»Du?«, sagte Marla. Sie wusste, dass sie furchtbar aussah. Weder hatte sie geschlafen noch sich die Zähne geputzt, sondern den ganzen Tag einfach nur dagelegen und an die Decke gestarrt.

»Geht es dir nicht gut?«

Marla schüttelte den Kopf. »Nicht besonders.«

Elias blieb zögernd im Türrahmen stehen. »Soll ich wieder fahren?«

»Nein, komm rein.« Marla nahm ihn mit in die Küche, wo Rike ein Omelette brutzelte.

»Hey«, sagte Elias.

Rike, die nicht bemerkt hatte, dass jemand hereingekommen war, wirbelte herum. Als sie Elias erblickte, fuhr sie sich zögernd durch die Haare und lächelte. »Hey!«

Die beiden sahen sich einen Moment lang an. Es waren nur ein paar Sekunden, trotzdem fühlte Marla sich plötzlich überflüssig.

»Setz dich doch«, sagte Rike. »Ich röste noch ein bisschen Brot, Marla holt den Käse aus dem Kühlschrank, und dann reicht das Omelette auch für drei.«

»Ich wollte zuerst gar nicht reinkommen«, sagte Elias. »Marla ... Sie ist doch nicht krank, oder?«

»Krank?« Rike sah ihre Freundin fragend an, dann schüttelte sie den Kopf. »Nicht, dass ich wüsste ... Bist du krank?«

»Spinnst du?«, entrüstete sich Marla. »Wieso behandelst du mich wie ein kleines Kind? Und warum redet ihr über mich anstatt mit mir?«

»Aber ...« Rike wandte sich ab und zerteilte das Omelette mit dem Pfannenwender in drei gleich große Stücke.

»Entschuldigung«, sagte Elias. Er streckte Marla seine Hand entgegen, doch sie hatte keine Lust, danach zu greifen. Mit verschränkten Armen ließ sie sich auf den Stuhl ihm gegenüber fallen und sah ihn wütend an. »Warum hast du nicht angerufen?«

»Ich war sowieso grad in der Gegend, und da dachte ich mir ...«

»Dass du einfach hereinschneien kannst?«

»Warum auch nicht?«, sagte Rike. Sie nahm die Pfanne vom Herd und stellte sie auf den Tisch.

»Halt dich da raus«, sagte Marla. »Das ist ganz allein meine Sache.«

Rike zuckte die Schultern. »Marla ist eben nicht so spontan«, sagte sie an Elias gerichtet.

Er nickte. »Okay, dann ist es wohl doch besser, wenn ich wieder gehe«, erwiderte er, stand von seinem Stuhl auf und schob ihn unter den Tisch.

Nein, bitte bleib, lag es Marla auf der Zunge. Vielleicht hätte sie ebenfalls aufstehen und ihn einfach mit sich in ihr Zimmer ziehen sollen. Doch stattdessen saß sie wie angewachsen da, sah, wie er die Küche verließ, und hörte kurz darauf die Wohnungstür zuschlagen.

»Du bist vielleicht bescheuert!«, wetterte Rike und knallte ihr ein Stück Omelette auf den Teller. »Du benimmst dich wie ein Kleinkind, also wundere dich gefälligst nicht, wenn man dich auch so behandelt.«

Marla schoss von ihrem Stuhl hoch. »Warum tust du das?«, zischte sie. »Warum machst du mich vor ihm schlecht?«

Rike schnappte nach Luft. »Ich?«

»Ich bin eben nicht so spontan, na toll!«, schrie Marla. »Warum hast du dir nicht einfach spontan die Klamotten vom Leib gerissen und ihn zu einem netten kleinen Spontanfick …«

»Weil er *dich* mag, Marla«, unterbrach Rike sie. Ihre Stimme klang ruhig, sachlich, fast ein bisschen kühl. »Glaub mir, ich täte nichts lieber als das. Ich tue es aber nicht, weil ich weiß, dass er dich mag und …«

»Ach ja? Nun also doch wieder?«, fuhr Marla zornig dazwischen. »Ich dachte, es wäre besser für mich, wenn ich ihn vergesse, weil er es vielleicht doch nicht so ernst mit mir meint.«

Rike nahm ein zweites Stück Omelette aus der Pfanne und ließ es auf ihren Teller rutschen. Sie setzte sich und fing an zu essen. »Ich weiß nicht, wie ernst er es mit dir meint«, sagte sie kauend. »Aber ich sehe an seinen Blicken, dass er dich mag. Das ist mir schon bei unserem ersten Treffen in der Stadt aufgefallen. Damals habe ich es nur nicht wahrhaben wollen.«

»Und jetzt?«

»Jetzt …« Rike wedelte mit ihrer Gabel durch die Luft. »Jetzt habe ich akzeptiert, dass es so ist.«

»Bist du sicher?«

»Ja, Mann! Warum glaubst du mir nicht? Ich bin deine Freundin.«

»Du verhältst dich aber nicht so«, presste Marla hervor. Ihre Augen brannten, sie war kurz davor, aufs Neue loszuheulen. »Letzte Nacht warst du noch total lieb und alles, aber sobald Elias in der Nähe ist …«

Rike ließ ihr Besteck sinken. Sie seufzte. Dann hob sie den Kopf und sah Marla mit ernstem Blick an. »Vielleicht habe ich deshalb versucht, ihn dir auszureden. Keine Ahnung. Ich kann das einfach nicht mehr auseinanderhalten.«

Für ihn grenzte es an Verrat. Er hatte sie besucht, er hatte sie beschützt. Niemand durfte in ihre Wohnung eindringen. Niemand, außer ihm. Den Schlüssel hatte er aus dem Lederbeutel der Freundin genommen. Ebenso das Handy mit ihrer eingespeicherten Nummer. Es war überhaupt kein Problem gewesen – als ob das Schicksal alles für ihn vorbereitet hätte. Wie schon zwei Monate zuvor, als dieser Finanzbeamte ihm in der Pizzeria am Marktplatz seine Aktentasche überließ. Er hatte nur an seinem Tisch vorbeigehen und sie an sich nehmen müssen. Niemand hatte etwas bemerkt, niemand sich empört.

Und jetzt hatte ausgerechnet sie diese Beamten in ihre Wohnung gelassen!

Dabei war alles so wunderbar romantisch gewesen. Den ganzen Abend hatte er damit zugebracht, die schönsten und die am süßesten duftenden Rosenblätter für sie zu pflücken und sich dabei vorzustellen, wie er sie auf ihrer nackten Haut verteilte. Eigentlich hatte er damit bis in die Nacht warten wollen, aber dann hatte er beobachtet, dass ihre Freundin fein herausgeputzt das Haus verließ. Und einige Zeit nachdem sie selbst heimgekommen war, hatte er gesehen, wie im Badezimmer das Licht angegangen war.

Eine quälend lustvolle Erregung hatte ihn überfallen und wie ein Sog in ihre Wohnung gezogen. Er hatte sich vor die Badezimmertür gekniet und sie angeschaut, ihre seidige Haut und ihre kleinen, festen Brüste mit den dunklen War-

zen bewundert und in Gedanken die weichen schwarzen Haare zwischen ihren Schenkeln geküsst.

Fast hätte er sich hinreißen lassen. Sein Körper hatte gezittert vor Lust, seine Hand hatte bereits die Türklinke umfasst, aber dann war er zur Vernunft gekommen. Er hatte sich losgerissen und die Rosenblätter auf ihrer Bettdecke verteilt. Sie sollte ebenso von ihm träumen wie er von ihr. Je länger sie voneinander träumten, umso überwältigender würde ihre baldige Vereinigung sein.

Anschließend hatte er sich im Zimmer der Freundin umgesehen, die wenigen Bücher angeschaut und die CDs aus dem Regal genommen. Corinne Bailey Rae hatte ihn sofort an sie erinnert. Ihre Haut war dunkler, aber auch sie strahlte dieses Sanfte aus, dieses Scheue. Und ihre Texte waren wie eine Botschaft gewesen. An ihn und an sie. An das Große, das sie miteinander verband.

Er hatte die CD in die Anlage gelegt und dieses wundervolle Lied – Breathless *– nur für sie gespielt.*

Er war zur Badezimmertür zurückgegangen und hatte seine Fingerspitzen darübergleiten lassen. Er hatte ihre Stimme gehört und die Angst darin, dass jemand anderes als er in der Wohnung sein könnte. Sie wollte ihn und nicht irgendeinen anderen. Vor all den anderen verriegelte sie die Tür.

Er hatte noch eine Weile gewartet und ihre Nähe genossen. Als sie in den Flur trat, war er längst an der Wohnungstür gewesen.

Ob sie wollte oder nicht, sie musste sich noch ein wenig gedulden. Hier war nicht der richtige Ort. Aber die Zeit rückte allmählich näher.

Alles, was er ihr vorerst schenken konnte, waren seine Anrufe. Sie sollte wissen, dass er immer bei ihr war.

Und dann holte sie einfach diese dummen Polizisten in die Wohnung und beschmutzte all das, was nur sie beide betraf!

Vielleicht würde er sie doch bestrafen müssen …

6 In der darauffolgenden WOCHE

Marla ärgerte sich, dass sie Elias nicht aufgehalten hatte. Später telefonierte sie über eine Stunde mit Karen, die ihr riet, Elias nicht hinterherzulaufen. Von den anonymen Anrufen erzählte Marla ihr immer noch nichts, und auch ihrer Mutter, die am nächsten Tag wieder einmal ohne Ankündigung ins Reisebüro schneite, verschwieg sie, dass Samstagabend jemand in ihre Wohnung eingedrungen war.

»Stell dir vor, dein Vater hat angerufen«, erzählte Cornelia Hofner, als Marla und sie bei einem Imbiss zusammensaßen.

»Und was wollte er?«

»Mich dazu überreden, dass ich dich überrede, zu mir zu ziehen.« Sie lachte. »Na ja, das ist immerhin schon mal ein Fortschritt.«

»Und was hast du ihm geantwortet?«, wollte Marla wissen.

»Ich habe ihm versichert, dass es dir sehr gut geht«, erwiderte ihre Mutter. »Ich habe wirklich mit Engelszungen auf ihn eingeredet, und ich glaube ...«, Cornelia Hofner hob triumphierend ihr Käsebaguette, »... ich habe ihn überzeugt.«

»Das wär ja mal was«, sagte Marla.

»Ich habe ihm geraten, dich zu besuchen«, fuhr ihre

Mutter fort. »Ohne sich vorher anzumelden, versteht sich.«

»Mama!«, sagte Marla empört.

»Jetzt reg dich nicht auf, mein Schatz.« Cornelia Hofner leckte einen Klecks Sandwichcreme auf, der auf ihren Finger getropft war, und tätschelte ihrer Tochter die Schulter. »Wenn überhaupt, schaut er vielleicht zwei-, dreimal rein, und dann hast du deine Ruhe vor ihm.«

So wie vor dir, dachte Marla und aß schweigend ihren Salat auf.

Als Marla abends nach Hause kam, passte ihr Schlüssel nicht mehr ins Türschloss. Sie klingelte, und Rike öffnete ihr. »Die haben das heute Vormittag gleich ausgetauscht«, erzählte sie.

»Du warst nicht in der Schule?«, fragte Marla erstaunt.

»Nö«, sagte Rike. »Übrigens ...«

»Ja?«

»Wir haben doch bald die Abschlussfahrt ...«

Marla schluckte. Dass Rike in wenigen Wochen die Schule beenden würde und für drei Tage mit ihrer Klasse eine Hüttenwanderung machen wollte, hatte sie völlig verdrängt. »Wann?«

»Mitte nächster Woche.«

»Nächste Woche ...«

»Vielleicht mag Karen hier wohnen«, schlug Rike vor. »Wenn die Anrufe nicht aufhören, wäre es bestimmt besser, wenn du nicht allein in der Wohnung bist.«

»Sobald die neuen Nummern geschaltet sind, werden die Anrufe aufhören«, sagte Marla nüchtern.

»Ja … schon …« Rike nickte zögernd. »Das musst du entscheiden.«

Klar, dachte Marla. Es ist ja auch meine Angst und mein Leben. »Hauptsache, dein Gewissen bleibt sauber«, sagte sie bitter.

»Jetzt fang bloß nicht an, mir was einzureden«, empörte sich Rike. »Ich kann nichts dafür, dass du von einem Stalker belästigt wirst.«

»Ich könnte jedenfalls nicht wegfahren, wenn du in Gefahr wärst«, sagte Marla vorwurfsvoll.

»Vielen Dank!« Rike war bedient. »Dann sag mir bitte mal, wo der Unterschied ist, ob ich in der Wohnung bin oder Karen, Nora oder Chloe?«

Marla sah ihre Freundin nachdenklich an. Sie wusste, dass es nicht in Ordnung war, Rike zu erpressen, auf die Abschlussfahrt zu verzichten. Aber der Gedanke, zwei Nächte lang alleine in der Wohnung zu sein, trieb ihr den Angstschweiß in den Nacken. »Oder Tom«, murmelte sie.

Rike nickte. »Am allerbesten noch Elias.« Sie nahm den Lederbeutel vom Garderobenhaken und holte ihr Handy daraus hervor. »Er hat mich heute angerufen, weil er wissen wollte, ob du noch sauer auf ihn bist. Ich gebe dir jetzt mal seine Nummer.«

Marla seufzte. Sie wollte protestieren, sich aufregen, doch sie war viel zu froh darüber, dass er sich wenigstens bei Rike gemeldet hatte. »Du hast recht«, sagte sie. »Wenn Elias sich endlich zu mir bekennen würde, wäre alles viel leichter. So kann ich ja nicht mal mit ihm darüber reden.«

Rike schüttelte unwillig den Kopf. »Vielleicht solltest du genau das tun.«

»Und wenn er dahintersteckt?«

»Glaub ich nicht«, sagte Rike.

»Und warum verhält er sich dann so merkwürdig?«

Rike hob die Schultern. »Ich habe nicht die geringste Ahnung. An deiner Stelle würde ich ihn ganz einfach danach fragen.«

Ganz einfach! Rike hatte wirklich gut reden. Klar, die würde das natürlich tun, aber doch nicht Marla. Viel zu groß war ihre Angst, dass er herumdruckste oder offensichtlich unehrlich war. Nein, Marla würde abwarten. Irgendwann würde er sich schon direkt bei ihr melden. Und wenn nicht, wusste sie schließlich auch, woran sie war.

Bis Donnerstag hörte sie nichts. Weder Elias meldete sich noch Gereon oder der anonyme Anrufer. Marla schlief wieder durch, und allmählich fiel auch die Anspannung von ihr ab. Obwohl sie wusste, dass ihr das neue Türschloss und die geheimen Telefonnummern nur eine trügerische Sicherheit gaben, versuchte sie sich einzureden, dass sie das Stalking-Problem los war. Mittags kam Stefan ins Reisebüro, um seine Unterlagen abzuholen.

Marla freute sich ehrlich, ihn wiederzusehen.

»Hast du deiner Freundin immer noch nichts verraten?«, fragte sie.

»Was denkst denn du!«

Marla lächelte. »Also, ich könnte das nicht. Ich wäre viel

zu aufgeregt. Und das könnte ich meinem Freund gegenüber niemals verbergen.«

»Dann hab ich mich wohl gut im Griff«, erwiderte Stefan. »Sie ahnt jedenfalls nichts. Glaube ich zumindest.« Er sah Marla durchdringend an. »Frauen sind ja manchmal ziemlich raffiniert.«

»Findest du?«

Stefan zuckte die Achseln. »Du nicht?«

»Ich denke, dass man das nicht verallgemeinern kann.«

»Hm.«

Marla schob den Flugplan und einige Infoblätter in einen schmalen Umschlag und reichte ihn Stefan. »Egal, ob sie etwas ahnt oder nicht, ich bin sicher, sie wird sich riesig freuen.«

»Auch über die Verlobung?«

»Wieso nicht?«, erwiderte Marla. Sie dachte an Elias und seufzte.

»Was ist?«, fragte Stefan besorgt. »Alles in Ordnung? Oder hast du Kummer?«

Marla überlegte, ob sie ihm mehr von Elias und auch von dem Fremden in ihrer Wohnung erzählen sollte, verwarf den Gedanken aber sofort wieder. Zwar erschien ihr Stefan vertrauenswürdig genug, im Prinzip war er sogar der ideale Typ zum Anlehnen, aber das Reisebüro war nicht der passende Ort für solche Gespräche. Außerdem wollte Marla nicht, dass Herr Weinrich etwas davon mitbekam. Er war imstande und alarmierte ihre Mutter. »Nein, nicht wirklich«, sagte sie also. »Nichts Gravierendes.«

Stefan nickte zögernd. »Wir können uns ja mal treffen«, schlug er vor. »Wenn ich aus Indonesien zurück bin.«

Warum nicht vorher?, wollte Marla schon fragen. Zeit genug wäre allemal gewesen. Aber natürlich mochte sie Stefan nicht drängen. »Gute Idee«, sagte sie deshalb und lächelte. »Jetzt wünsch ich dir erst einmal eine schöne Reise. Und mach dir keine Gedanken wegen der Verlobung. Man kann zwar, wie schon gesagt, nicht alles verallgemeinern, aber viele Frauen werden ganz gerne ein bisschen überrumpelt. Ich zum Beispiel fände das wahnsinnig romantisch.«

»Das ist schön«, sagte Stefan. »Also, dann nehm ich mir deinen Rat mal zu Herzen.«

»Ja …« Marla lächelte. Dann fiel ihr ein, dass sie eine neue Nummer hatte und Stefan sie daheim gar nicht erreichen konnte. »Warte mal …«, sagte sie, fischte ihre Tasche unter dem Tisch hervor und suchte eine Visitenkarte heraus, die sie sich nach dem Umzug in einem Automaten hatte drucken lassen. »Die Handynummer gilt nicht mehr«, sagte sie und zog einen Kugelschreiber aus der Stiftebox. »Ich schreib dir meine neue darunter.«

»Super«, sagte Stefan. Er steckte die Visitenkarte in den Umschlag mit den Reiseunterlagen und winkte ihr damit zu. »Dann wünsch ich dir auch eine gute Zeit … bis wir uns wiedersehen.«

Donnerstagabend hatte Marla keine besondere Lust auf Yoga. Nur die Tatsache, dass sie Karen, Chloe und Nora die ganze Woche nicht gesehen hatte, trieb sie schließlich doch in die Karateschule. Natürlich wollten die drei sofort wissen, wie es mit Elias weitergegangen war. Zuerst mochte Marla nicht viel erzählen, aber schließlich gab sie doch zu, wie sehr sie sich danach sehnte, ihn wiederzusehen. »Jetzt bin ich schon mal so weit und gestehe mir ein, verliebt zu sein, und dann meldet sich dieser Schwachkopf nicht.« Sie hatte es noch nicht ganz ausgesprochen, da durchfuhr es sie wie ein Blitz. Elias hatte sich ja gar nicht melden können! Marla schlug sich die Hand gegen die Stirn. »Mann, bin ich blöd!«

»Wieso?«, fragte Nora.

»Ich hab doch seit Dienstag neue Nummern. Auch für's Festnetz.« Und die darf die Auskunft im Moment noch nicht einmal herausgeben, fügte sie in Gedanken hinzu.

»Wie bitte?« Karen sah Marla vorwurfsvoll an. »Und davon wissen wir nichts?«

»Tut mir leid«, sagte Marla. »Ich hab einfach nicht dran gedacht.« Sie holte das kleine dunkelrote Adressbuch aus ihrer Tasche hervor und schlug es auf. »Wollt ihr sie gleich speichern?«

Die drei Mädchen kramten nach ihren Handys und tippten die Ziffernfolgen, die Marla ihnen diktierte, ein.

»Und wieso hast du die Nummern geändert?«, fragte Chloe.

»Wegen meinen Eltern«, log Marla. »Die sind im Moment im absoluten Kontrollwahn.«

»Ts.« Karen lachte auf. »Wenn die dich jetzt gar nicht mehr erreichen, drehen die doch garantiert total durch. Außerdem ist dieses Nummernändern gar nicht so einfach«, fügte sie argwöhnisch hinzu.

»War es in meinem Fall aber schon«, schwindelte Marla

weiter. »Da saß so ein netter junger Typ, und dem hab ich wohl gefallen.«

»Sieh mal einer an, ich glaub es nicht«, brach es aus Chloe hervor. »Da wird unsere vernünftige Marla mit fortschreitendem Alter noch kokett!«

»Ist doch wunderbar!« Nora stieß Marla mit dem Ellenbogen in die Seite. »Los, jetzt schick Elias sofort eine SMS mit deiner neuen Nummer. Oder noch besser ...« Blitzschnell aktivierte sie die Kamerafunktion in ihrem Handy und machte ein Foto von Marla.

»Oh nein, bitte nicht!«, rief sie.

»Lass mal sehen.« Karen drängte sich neben Nora. »Wenn es okay ist ...« Sie fixierte das Display. »Ist es!«, rief sie. »Einfach süß! Elias wird dahinschmelzen und dir sofort alles verzeihen.«

»Ach, ihr seid albern«, sagte Marla verlegen, holte aber bereitwillig seine Handynummer aus dem Speicher.

Innerhalb weniger Sekunden war die MMS versendet. Und als Marla nach der Yogastunde, während der sie sich kaum konzentrieren und schon gar nicht entspannen konnte, ihr Handy einschaltete, war die prompte Antwort da.

der donnerstag scheint ja unser spezieller tag zu sein ;-), die uhrzeit stimmt auch, was hältst du vom gleichen treffpunkt?

»Ihr seid auch ganz bestimmt nicht böse?«, vergewisserte Marla sich bei ihren Freundinnen.

»Im Gegenteil«, sagte Karen. »Wir sind böse, wenn du nicht sofort in dieses Café gehst.«

»Und wenn du uns nicht anschließend umgehend Bericht erstattest«, fügte Nora hinzu.

»Euch allen?«

Die drei Mädchen sahen sich an. »Eine reicht«, meinte Karen schließlich. »Wir machen dann so eine Art Telefonkette.«

Elias war bereits da. Er saß sogar am selben Tisch wie in der Woche zuvor, mit dem Unterschied allerdings, dass er heute das Gesicht der Straße zugewandt hatte. Als er Marla bemerkte, stand er auf.

Marla fand, dass er von Mal zu Mal besser aussah. Entspannter und ausgeglichener. Ihre Wangen glühten vor Aufregung. »Es tut mir leid wegen Sonntag«, rief sie bereits, als sie noch zwei Tische voneinander entfernt waren. »Ich bin wohl nicht so gut drauf gewesen. Außerdem hätte ich dich schon viel eher anrufen sollen. Auch wegen unserer neuen Nummer.«

»Schon verziehen«, sagte Elias. Er nahm ihre Hand und drückte sie sanft. »Ich hatte eh ein paar turbulente Tage. Trotzdem hätte ich mich gefreut, wenn du dich bei mir gemeldet hättest.« Er ließ ihre Hand los und rückte ihr einen Stuhl zurecht, bevor er sich wieder setzte.

Marla kramte eine Visitenkarte aus ihrem Portemonnaie und hängte ihre Tasche über die Lehne. »Hier hast du endlich mal meine Daten«, sagte sie und reichte Elias die Karte. »Da steht auch meine E-Mail-Adresse drauf. Die Telefonnummern musst du allerdings korrigieren.« Sie ließ sich ebenfalls nieder.

Elias zog einen Kugelschreiber hervor, notierte die neuen Nummern auf der Visitenkarte und steckte sie in seine Jackentasche. »Mannomann, ich kann dir sagen, es ist ein ziemlich blödes Gefühl, wenn du dir ständig so eine dusselige Automatenstimme anhören musst: ›Kein Anschluss unter dieser Nummer. Kein Anschluss unter dieser Nummer.‹« Elias schüttelte den Kopf. »Ich hab gedacht, ich bin im falschen Film. Und bei der sogenannten *Komfort*-Auskunft war noch keine andere Nummer für euren Anschluss verfügbar«, setzte er seufzend hinzu.

»Tut mir echt leid«, sagte Marla noch einmal. »Ich hätte mich nämlich total gefreut.«

Elias lächelte sie an, und Marla hatte das Gefühl, mit dem Stuhl zu verschmelzen.

»Weißt du, ich habe mich erst vor Kurzem getrennt«, sagte Elias.

Es war wie ein Schlag gegen die Brust.

»Wie bitte?«, stieß Marla hervor.

»Ich hätte es dir vielleicht gleich sagen sollen, aber ich dachte …« Er stockte, fuhr mit den Fingern über die Tischkante. »Ich war mir nicht sicher … Ich bin es immer noch nicht.«

»Ob es mit deiner Ex vielleicht doch noch was wird?«

»Nein, nein. Das mit Simone und mir ist vorbei.«

»Wie lange seid ihr denn zusammen gewesen?«, fragte Marla. Sie bemühte sich, sich nicht anmerken zu lassen, wie sehr seine Bemerkung, dass er sich noch nicht sicher sei, sie getroffen hatte.

»Zwei Jahre und zwei Monate«, sagte Elias.

»Ganz schön lang.«

»Eben«, sagte er. »Es ist alles nicht so einfach. Simone war die letzten Tage ständig in unserer Wohnung, um ihre Sachen zusammenzupacken und so.«

Und so?, dachte Marla. Wahrscheinlich habt ihr dann auch gleich noch ein paarmal miteinander geschlafen. Quasi zum Abschied *und so*. Kein Wunder, dass er sich seiner Gefühle noch immer nicht sicher war. Mochte ja sein, dass er sich in sie verguckt hatte, so etwas war bestimmt nicht ungewöhnlich, wenn man gerade in einer Trennungsphase steckte und sich vor dem Alleinsein fürchtete. Vielleicht hatte Elias gehofft, Simone einfach ersetzen zu können, und mittlerweile erkannt, dass das nicht so einfach war.

Kein Wunder, dass er so komisch ist, dachte Marla. Kein Wunder, dass er auf der Party so aufgedreht war. Er ist nicht richtig bei sich. Immer noch nicht. Und ich hätte, verdammt noch mal, meinem ersten Eindruck trauen sollen. Das war nicht mein Verstand, der mich gewarnt hat, sondern mein Bauch.

Ohne darüber nachzudenken, stand sie auf.

»Was ist?«, fragte Elias. »Musst du schon gehen?«

»Ich will«, sagte Marla. »Ich glaube, es ist besser, wir warten, bis Simone vollständig ausgezogen ist.«

»Aber das ist sie doch«, erwiderte Elias. »Gestern Abend hat sie ihre restlichen Sachen aus der Wohnung geholt.«

Marla nickte. »Ja, aus der Wohnung vielleicht ...«

Als Marla nach Hause kam, war Rike nicht da. Zuerst beschlich sie in der leeren Wohnung ein komisches Gefühl, aber nachdem sie sich etwas zu essen und es sich anschließend vor dem Fernseher gemütlich gemacht hatte, fiel diese Beklemmung allmählich von ihr ab. Marla schaute Nachrichten, einen Reisebericht über Thailand und die neueste Folge von *Frauentausch*, ging früh ins Bett und schlief sogar ein, bevor ihre Freundin heimkam.

Freitagmorgen fühlte sie sich wie befreit. »Ich glaube, er hat aufgegeben«, sagte sie zu Rike, die gähnend am Küchentisch saß und nichts weiter zu sich nehmen mochte als ein Glas Milch.

»Der Anrufer?«

Marla nickte. »Seit letztem Wochenende ist nichts mehr vorgefallen, und gestern Abend hat es mir nicht einmal etwas ausgemacht, allein in der Wohnung zu sein.«

»Gut«, sagte Rike und trank widerwillig einen winzigen Schluck aus ihrem Milchglas.

»Es ist also okay, wenn du demnächst verreist.«

»Gut.«

Marla wunderte sich über Rikes Einsilbigkeit. »Du hast nicht besonders viel geschlafen, was?«, fragte sie.

»Nein.«

»Wo warst du überhaupt?«

»Ach, nur in der Stadt.«

»Mit Simon?«

»Nein.«

»Ist es schon wieder vorbei mit ihm?«, fragte Marla.

Rike schob das halb leer getrunkene Glas zur Seite. »Und wenn?«

»Nichts und wenn. Du kannst schließlich tun und lassen, was du willst.«

»Dann ist es ja gut«, sagte Rike. Sie stand auf, schüttete die restliche Milch in die Spüle und verließ ohne weiteren Kommentar die Küche.

Vielleicht hat sie ja wirklich nur zu wenig geschlafen, versuchte Marla sich einzureden. Sie wurde jedoch das Gefühl nicht los, dass Rike irgendwas zu schaffen machte.

Als Marla am späten Nachmittag das Reisebüro verließ, stand Tom auf dem Bürgersteig. »Wir müssen reden«, sagte er. »So kannst du Gereon nicht behandeln.«

Marla sah ihn erstaunt an. »Sag bloß, er hat dir alles erzählt?«

»Natürlich.«

»Auch, dass er mich geküsst hat?«

»Klar.«

»So klar ist das nicht.«

Tom fasste sie an der Schulter. »Marla, Gereon hat dich wirklich gern.«

»Dann hat er einen Fehler gemacht.«

»Du hast das komplett missverstanden«, sagte Tom kopfschüttelnd.

»Was gibt es an einem Zungenkuss misszuverstehen?«, erwiderte Marla heftig.

»Ach Marla, dieser Kuss war überfällig, das weißt du genauso gut wie ich. Und wenn Gereon mich nicht angeschwindelt hat, dann hast du ihn ja auch erwidert.«

Marla zog den Bügel ihrer Umhängetasche straff. »Er hat dich nicht angeschwindelt«, sagte sie harsch.

»Na also.«

»Tom, ich weiß im Moment nicht, wie ich mit Gereon umgehen soll«, entfuhr es ihr. »Ich glaube, er hat mich nachts angerufen und …«

»Und was?«

»Na ja, nichts gesagt, bloß geatmet.«

»Bloß geatmet?«

»Ja, und später hat er dann gesagt, dass ich nur ihm gehöre und so 'n Scheiß.«

»Mensch, Marla.« Tom legte ihr einen Arm um die Schultern und drückte sie sanft an sich. »So etwas traust du Gereon ernsthaft zu?«

Sie sah ihn an. Sie sah seine dunkle Ponysträhne und die für sein schmales Gesicht etwas zu große Nase, und auf einmal wusste sie, dass sie Gereon unrecht getan hatte. Tom war sein Freund. Er kannte ihn seit der Grundschule. Beide waren nicht ganz unkritisch, aber absolut treue Seelen.

»Ich glaube, ich war einfach etwas überspannt«, sagte Marla kleinlaut.

»Wegen dieses Sexanrufers?«

»Das war kein Sexanrufer, Tom«, widersprach Marla. »Der hat nichts Obszönes gesagt, nur, dass ich ihm gehöre und er immer bei mir ist.« Die Erinnerung an diese Sätze rief auch den Klang seiner Stimme wieder in ihr wach. Eine leichte Gänsehaut rieselte über ihre Unterarme.

»Ach, da gibt es doch tausend Unterarten«, meinte Tom. »Manche holen sich einen runter, wenn sie das Gefühl haben, dass sie der Frau am anderen Ende der Leitung Angst eingejagt haben.«

Marla schüttelte sich. »Aber das ist doch pervers.«

»Klar ist es das«, bestätigte Tom. »Und schon allein deswegen kann Gereon es nie und nimmer gewesen sein. Im Übrigen glaube ich auch, dass er Besseres zu tun hatte.«

»Wie meinst du das?«

Tom grinste. »Hat er dir etwa nicht von Anne erzählt?«

»Doch.«

»Auch, dass er jede freie Minute mit ihr verbringt?«

»Nein, natürlich nicht.« Marla tippte sich gegen die Schläfe. »Das kann er mir ja wohl schlecht erzählen und mich dann anschließend küssen. Das wäre ja irgendwie doch pervers.«

Tom schwieg. »Du hast es nicht verstanden«, sagte er schließlich. »Immer noch nicht.«

»Was denn?«, fragte Marla ungeduldig.

Wieder grinste Tom. »Du Kopfmensch, du.«

»Jetzt hör schon auf damit!«

»Also gut«, sagte Tom. Er setzte Marla seine Fingerspitzen aufs Brustbein und drückte sie sanft, aber bestimmt gegen das schmale Stück Hauswand, das das Reisebüro vom angrenzenden Optiker trennte. »Dann schließ mal bitte die Augen.«

»Warum?«

»Frag nicht, mach.«

Marla seufzte. Sie hasste solche Spielchen.

»Hier mitten auf der Straße?«

»Wieso nicht?«

»Und wenn mein Chef da gleich rauskommt?« Sie deutete auf die Glastür des Reisebüros, in der ein Werbeplakat von Irland hing.

»Tja ...«, Tom machte ein ernstes Gesicht, »der wird dich natürlich auf der Stelle feuern.«

»Blödmann«, sagte Marla. »Entscheidend ist doch, was er von mir denkt.«

»Was soll er schon denken?«, erwiderte Tom schulterzuckend. »Dass ich ein Freund von dir bin? Dass du dich kurz entspannen willst? Dass du einfach ein ganz normaler Mensch bist, der sich keine Gedanken darum macht, ob er irgendwie besonders auffällt?«

»Du weißt, dass ich genau das nicht bin.« Diese Bemerkung konnte Marla sich einfach nicht verkneifen, obwohl sie wusste, dass sie absolut überflüssig war.

Tom grinste ein drittes Mal und fuhr ihr mit der Hand über die Lider. »Jetzt mach schon die Augen zu«, sagte er leise.

»Okay, okay.« Marla lehnte den Kopf zurück und schloss die Lider.

»Und jetzt beantwortest du jede meiner Fragen einfach aus dem Bauch heraus«, sagte Tom. »Magst du Gereon?«

»Ja.«

»Warst du mal verliebt in ihn?«

»Ja.«

»Glaubst du, dass er auch mal in dich verliebt war?«

Marla öffnete stöhnend die Augen. »Tom, ich *weiß* es.«

»Schon gut. Mach wieder zu.«

Marla tat es.

»Hast du dir jemals gewünscht, ihn zu küssen?«

»Und wie!«

»Und mehr?«

»Tom!«

»Okay, du hast dir also ziemlich wilde Dinge vorgestellt.«

»Tom, verdammt noch mal!«

»Augen wieder zu!«

Marla seufzte.

»Und jetzt sag mir bitte ganz ehrlich: War es nicht absolut in Ordnung, mit ihm zu knutschen?«

Marla zögerte. Sie wusste genau, was sie antworten wollte, musste, und je länger sie zögerte, desto schneller schlug ihr Herz. »Ich bin aber in Elias verliebt«, platzte es aus ihr heraus.

»Umso besser«, sagte Tom. Er tätschelte ihr die Schulter. »Das war's schon.«

Marla öffnete die Augen und sah Tom geradewegs ins Gesicht. »Ich wünsche Gereon ja, dass er mit Anne glücklich wird. Elias ist allerdings ein Problem.«

»Klar«, sagte Tom.

»Wieso klar?«

»Weil du nicht unkompliziert bist, kann der Typ, in den du dich verliebst, es auch nicht sein.«

Tom und seine Weisheiten! Marla regte sich noch darüber auf, als sie eine halbe Stunde später die Wohnungstür öffnete.

Auf dem Küchentisch lag wieder nur ein Zettel von Rike.

Bin unterwegs. Kann spät werden.

Es wurde spät. Freitagabend und Samstagabend ebenfalls. Am Sonntag ging Rike früh schlafen. Die ganze Zeit über war sie blass und einsilbig. Marla machte sich ernsthaft Sorgen um sie, vermutete aber, dass sie wahrscheinlich nichts aus der Freundin herausbekommen würde, und gab sich der Hoffnung hin, dass Rike schon irgendwann von alleine anfangen würde zu erzählen.

In der darauffolgenden Woche lud Cornelia Hofner ihren Mann und ihre Tochter zum Essen ein. Marla bestaunte die neue Wohnung ihrer Mutter, die zwar klein war, aber erstaunlich hell und gemütlich wirkte. Ihr Vater bemühte sich, freundlich und sachlich zu bleiben, konnte allerdings nicht verbergen, wie sehr es unter der Oberfläche brodelte. Noch einmal versuchte er, Marla dazu zu bewegen, zu ihm zurückzukommen. »Wenigstens, bis du achtzehn bist.«

»Papa, was soll denn das?«, erwiderte Marla. »In einem guten halben Jahr bin ich volljährig. Glaubst du, ich habe Lust, innerhalb so kurzer Zeit noch zweimal umzuziehen? Außerdem wäre es Rike gegenüber höchst unfair. Sie müsste die Miete alleine tragen oder sich eine günstigere Wohnung suchen.«

»Das stimmt«, sagte Cornelia Hofner. »Das wäre in der Tat ein bisschen viel verlangt.«

»Und wenn ich deinen Anteil zahle?«, bot Marlas Vater seiner Tochter an.

Sie schüttelte den Kopf. »Vergiss es.«

»Ich weiß gar nicht, was du willst«, sagte Cornelia Hofner zu ihrem Mann, während sie drei flache Schalen mit

Birnen-Roquefort-Salat auf dem Tisch verteilte. »Marla geht es gut. Sie kommt bestens ohne uns klar.«

Bernhard Hofner nickte. »Vielleicht hast du recht«, brummte er. Er stocherte in seinem Salat herum. Schließlich sah er seine Tochter an. »Es wäre aber schön, wenn du hin und wieder vorbeischauen würdest«, sagte er leise.

»Ja, okay, mach ich«, erwiderte Marla ein wenig ungeduldig. »Aber nur, wenn du nicht immer wieder mit diesem Thema anfängst.«

Ihr Vater lachte bitter. »Jetzt sind wir schon so weit, dass die minderjährige Tochter Bedingungen an ihre Eltern stellt.«

»An ihren Vater«, betonte Cornelia Hofner.

»Hör auf, Mama«, sagte Marla unwillig. »Wozu hast du Papa und mich eingeladen, wenn du doch nur streiten willst?«

»Will ich ja gar nicht«, erwiderte ihre Mutter. Seufzend schob sie ein wenig Blauschimmelkäse auf ein Birnenstück und spießte es zusammen mit einem Salatblatt auf ihre Gabel. »Eigentlich wünsche ich mir, dass wir die ganze Geschichte in Frieden abwickeln.«

»Da könntest du deinen Teil in der Tat beitragen«, entgegnete Bernhard Hofner.

Marla stöhnte. Dieses Treffen war wirklich eine Schnapsidee gewesen. Wahrscheinlich hatte ihre Mutter es nur inszeniert, um ihrem Mann zu zeigen, wie gut sie ihr neues Leben meisterte.

»So etwas hängt nie nur von einem allein ab«, stellte sie nun klar. »Oder denkst du, ich habe mich von dir getrennt, weil ...«

»Ich glaube, es ist besser, wenn ihr das unter euch ausmacht«, unterbrach Marla ihre Mutter. Sie schob sich den letzten Rest Salat in den Mund, wischte sich die Lippen ab und erhob sich von ihrem Stuhl.

»Aber du willst doch nicht schon gehen!«, rief Cornelia Hofner empört. »Ich habe noch Pute im Ofen, und zum Nachtisch gibt es ein ganz wunderbares Beeren-Sorbet.«

»Das ist schön, Mama«, sagte Marla. Sie beugte sich herunter und drückte ihrer Mutter einen Kuss auf die Wange. »Ich hoffe, ihr könnt es genießen.« Der Gerechtigkeit halber küsste sie auch ihren Vater, obwohl sie das schon seit Ewigkeiten nicht mehr getan hatte.

Marla war froh, als sie um kurz vor halb neun wieder auf der Straße stand. Sie zog ihr Handy hervor und checkte, ob eine SMS eingegangen war.

tom hat mir erzählt, dass er dich getroffen hat, schrieb Gereon. *verzeihst du mir?*

Sie schien Gereon wirklich wichtig zu sein. Marla lächelte.

hab ich doch schon, schrieb sie zurück.

ich meine, so richtig …

wenn du mich nicht ständig küssen willst ;-)

ich küsse lieber anne. okay?

absolut!

Nachdem sie diese letzte Antwort eingetippt hatte, atmete Marla auf. Plötzlich fühlte sie sich wunderbar leicht und war Tom fast dankbar, dass er dieses Augen-zu-und-hör-aufs-Herz-Spielchen mit ihr gespielt hatte. Nur den Kommentar über ihre Kompliziertheit hätte er sich wirklich sparen können!

Marla überlegte, ob sie schon heimfahren sollte, beschloss dann aber, einen Abstecher in die Einkaufszone zu machen und zu schauen, ob es schon Sonderangebote für Sandalen gab. Sie nahm einen Bus in Richtung Hauptbahnhof, stieg drei Stationen später wieder aus und überquerte die große Kreuzung. Marla wollte gerade in die verkehrsberuhigte Zone einbiegen, da sah sie sie: Rike und Elias!

Sie gingen dicht nebeneinander an dem neuen Gebäude der Stadtbibliothek vorbei und verschwanden schließlich durch den Torweg zur Hermesgasse aus ihrem Blickfeld.

Eine Eiseskälte fuhr in Marlas Brust. Einen Moment lang versuchte sie sich einzureden, dass sie sich getäuscht habe. Doch Rike war viel zu auffällig, als dass man sie mit irgendeinem anderen Mädchen verwechseln konnte. Und auch Elias hätte Marla unter Tausenden sofort erkannt.

Sie kämpfte gegen die aufsteigenden Tränen an. Während sie wie benommen auf den Torweg starrte, dachte sie als Erstes an ihren Vater und sein Angebot, wieder bei ihm einzuziehen. Sollte Rike die Miete doch alleine tragen! Vielleicht war sie sogar froh, weil dann Elias mit ihr zusammenwohnen konnte.

Voller Wut und Enttäuschung stellte Marla sich die Frage, wie lange das wohl schon ging. Seit letztem Donnerstag, als Rike das erste Mal so spät in der Nacht heimgekommen war? Zumindest wäre das eine Erklärung für Rikes plötzliche Wortkargheit. Ja, natürlich! Marla fiel es wie Schuppen von den Augen. Wie hatte sie nur so naiv sein können, anzunehmen, dass Rike ihr einen Typen wie Elias einfach so überlassen würde. Allein die Tatsache, dass er nicht gleich auf sie angesprungen war, musste ihr ziemlich zugesetzt haben. Rike war es nicht gewohnt, dass ihr ein Typ eine Abfuhr erteilte. Sie war in ihrer Eitelkeit gekränkt gewesen, und möglicherweise hatte sie Marla anfangs nur deshalb so zugeredet, weil sie hoffte, dass Elias dann öfter in ihre Wohnung kam und sie ihn regelmäßig sehen konnte. Und als sie dann merkte, dass Marla noch zögerte, hatte sie wahrscheinlich versucht, ihn selbst zu treffen. Oder Elias hatte *sie* angerufen. Marla fasste sich an die Stirn. Na logisch! Elias hatte sich gleich nach der Party bei Rike gemeldet, was sie Marla natürlich verschwiegen hatte. Stattdessen musste sie angefangen haben, ihr eigenes Süppchen zu kochen: Marla Elias ausreden, ihre Freundin Elias gegenüber als schwierig darstellen, sich selbst in ein schmeichelhaftes Licht rücken. Vielleicht hatte sie sogar etwas mit den anonymen Zetteln und Anrufen zu tun.

»Nein, nein, nein, nein!«, sagte Marla entschieden. Rike war vielleicht selbstsüchtig und ein wenig rücksichtslos, aber sie würde doch ihrer besten Freundin niemals etwas Böses antun. – Oder? Und wenn dieses inszenierte Stalking nur dazu gedacht war, ihre Zweifel an Elias weiter zu schüren?

Marla fing an zu zittern. Dieser Gedanke war so ungeheuerlich, dass sie sich schämte, ihn überhaupt gedacht zu haben. Wie konnte sie Rike nur so etwas unterstellen? Marla fühlte sich unendlich leer. Sie wusste selbst nicht mehr, was sie empfand. Weder für Rike noch für Elias. Langsam wandte sie sich um und lief immer schneller werdend zur Unterführung zurück, um von dort aus mit der U-Bahn nach Hause zu fahren. Sie würde sich in ihr Zimmer einschließen und versuchen, wieder Klarheit in ihren Kopf zu kriegen. Wie gut, dass Rike jetzt erst einmal für ein paar Tage verreist sein würde. Da konnte sie in Ruhe überlegen, was sie nun tun sollte.

Sie hatte sich entschieden. Es war ihre Wahl, und nun würde er das, was geschehen musste, nicht mehr aufhalten können.

Er hatte alles für sie getan. Und sie hatte ihn belohnt, hatte ihm mehr als nur ein deutliches Zeichen gegeben. Die Strafe war nicht mehr nötig, denn genauso wie er sehnte auch sie sich nach Erfüllung, nach diesem wundervollen, rauschhaften Glück.

Welch ein Segen, dass er sich so gut im Griff gehabt hatte! Nun musste er sich nicht mehr lange gedulden. Nun würde endlich das Spiel beginnen, dieses wunderbare Spiel, nach dem auch sie sich so sehr verzehrte.

7 DIENSTAG abend

Bitte lass mich schlafen. Wir sehen uns am Freitag. Ich wünsch dir schöne Tage,

hatte Marla nach dem Zähneputzen auf einen Zettel geschrieben und ihn auf den Küchentisch gelegt. Danach hatte sie sich tatsächlich in ihrem Zimmer eingeschlossen. Obwohl es heiß und stickig gewesen war, hatte sie sich unter der Bettdecke verkrochen und die Hitze einfach ertragen.

Marla wollte nichts fühlen. Nicht diesen Zorn, nicht diese maßlose Enttäuschung und schon gar nicht diesen schrecklichen, undefinierbaren Schmerz, der an ihrem Herzen nagte und sie so hilflos und benommen machte.

Lieber wollte sie alles genau durchdenken und verstehen. Einerseits Rike, die vielleicht zum ersten Mal richtig verliebt war und einfach nicht abschätzen konnte, was sie ihrer Freundin damit antat. Und andererseits Elias, der selber noch nicht wusste, was er eigentlich wollte, und Rikes Reizen am Ende doch nicht widerstehen konnte.

Marla schloss die Augen und versuchte sich zu entspannen. Es tat gut, dass ihr Kopf so strukturiert war und ihrem Herzen die Arbeit abnahm. Bestimmt war alles richtig so. Schließlich hatte sie kein naturgegebenes Recht auf Elias.

Er und Rike waren ebenso freie Menschen wie sie. Wenn sie sich ineinander verliebt hatten, dann war das eben Schicksal, dann musste sie sich damit abfinden. Schließlich hatte Elias bei ihrem letzten Treffen ja selber gesagt, dass er sich nicht sicher sei.

Um kurz nach halb zehn schälte Marla sich aus ihrer Bettdecke. Ihr Gesicht glühte, und ihre Augen brannten. Sie hatte sich dagegen gewehrt, das Kissen vollzuheulen, sie hatte es geschafft, sich zusammenzureißen. Nun klebte ihr das T-Shirt am Körper, und aus ihren Armbeugen und Kniekehlen perlte der Schweiß.

Sie hörte, wie die Wohnungstür geöffnet wurde. Kurz darauf rief Rike nach ihr. »Marla, bist du da? – Marla?«

Marla vernahm die Schritte ihrer Freundin im Flur. Wahrscheinlich lief sie in die Küche, sah im Bad nach und kam dann wieder zurück. Rike klopfte an die Tür. »Marla, schläfst du wirklich schon?« – »Marla, das kannst du nicht machen. Hör doch bitte!« Sie drückte die Klinke herunter und rappelte an der Tür. »Ich muss mit dir reden! Es geht um Elias. Es ist total wichtig.«

Nein, nein, dachte Marla. Auf ein Geständnis konnte sie wirklich sehr gut verzichten. Sie wusste ja ohnehin alles, und sie ertrug es nicht, wenn Rike ihr jetzt auch noch vorheulte, wie leid ihr alles tue und dass sie das ja eigentlich gar nicht gewollt habe. Das hatte Zeit bis Freitag. Bis dahin würde sie sich alles genau überlegt haben. Dann würde sie den ersten Schritt machen und Rike sagen, dass sie alles wusste und alles verzieh. Leise tappte Marla auf die Kommode zu. Sie nahm ihr Handy, schaltete es ein und schickte eine letzte SMS an Elias.

es ist gut so, wie es gekommen ist. der zeitpunkt war einfach nicht der richtige. marla.

»Marla, jetzt komm schon! So fest kannst du doch gar nicht schlafen, dass du mich nicht hörst!«, rief Rike.

Marla seufzte. Sie kroch in ihr Bett zurück und wartete.

»Marla! Ist alles in Ordnung? Bist du okay?« Rike schlug gegen die Tür. »Marla, mach auf! Es ist doch nichts passiert?« Danach herrschte einen Augenblick Ruhe, doch als Marla sich nicht rührte, fing Rike an, wie verrückt an der Klinke herumzurappeln. »Verdammt noch mal! Wenn du jetzt nicht aufmachst, rufe ich die Polizei!« Ihre Stimme klang panisch, und Marla musste einsehen, dass es so keinen Zweck hatte.

»Es ist alles okay«, rief sie. »Und jetzt lass mich bitte schlafen. Ich bin todmüde.«

»Aber ich muss mit dir reden.«

»Später«, sagte Marla. »Viel Spahaaß und bis Freitag.«

Rike fluchte, aber sie gab nach und verzog sich.

Mittwoch

Als Marla am nächsten Morgen aufwachte, hatte Rike die Wohnung bereits verlassen. Unter der Nachricht, die Marla ihr am Abend zuvor hingelegt hatte, stand nun:

Mit Elias, das ist alles ganz anders, als du denkst. Ich küsse dich, Rike.

»Das weiß ich doch«, murmelte Marla. Die Versuchung, sich krankzumelden, war groß. Marla fühlte sich hundeelend. Aber sie wollte um jeden Preis verhindern, dass sich Herr Weinrich bei ihrer Mutter oder womöglich sogar bei ihrem Vater nach ihrem Befinden erkundigte. Wohlgemeinte elterliche Ratschläge waren in dieser Situation wirklich das Letzte, was Marla gebrauchen konnte. Im schlimmsten Fall hetzte ihr Vater ihr doch noch so eine Psychotante vom Jugendamt auf den Hals. Nein, selbst wenn sie in den kommenden drei Tagen zu dem Schluss kommen würde, dass sie nicht mehr mit Rike zusammenwohnen konnte, wäre das noch lange kein Grund, zu ihrem Vater zurückzuziehen. In dem Fall musste eine andere Lösung gefunden werden. Aber so weit war es im Moment noch nicht.

Marla zog sich an, aß eine Banane, steckte einen Apfel und den obligatorischen Joghurt in ihre Umhängetasche und machte sich auf den Weg ins Reisebüro. Es war ein schwülheißer Tag, die Kunden gaben sich die Klinke in die Hand, und das Telefon stand nicht still. Letztendlich war Marla aber dankbar für den Trubel, denn er lenkte sie ab, und als um kurz nach sechs die Tür hinter ihr zufiel, fühlte sie sich erstaunlich entspannt.

Marla schaltete ihr Handy ein und fand sechs Kurznachrichten. Sie waren von ihrer Mutter, die sich für den unmöglichen Abend entschuldigte, von Karen, Nora und Chloe, von Tom – und von Elias. Marla überlegte, ob sie sich seine SMS überhaupt anschauen sollte, tat es dann aber schließlich doch.

lass uns bitte noch mal reden. elias.

Sie löschte die SMS, wählte Karens Nummer und verabredete sich mit ihr fürs Kino. Im *Shoes Market* neben dem *Metropol-Center* fand sie ein paar flache dunkelbraune Riemchensandalen für fünfunddreißig Euro. Anschließend kaufte sie sich im *Pizza-Hut* eine Vegetarische mit Käsekruste und eine Cola. Sie setzte sich nach draußen, weil sie so den Eingang des *Metropol* besser im Blick hatte. Der Himmel über ihr war dunkel. Es grummelte bereits, und schon bald fielen die ersten Tropfen. Sie klatschten auf Marlas T-Shirt und ihre nackten Arme.

Zum Glück hatte Karen einen Pulli dabei. Damit rubbelte sie Marla die Haare trocken.

»Du wirst dich erkälten«, sagte sie. »Ich glaube, wir fahren besser zu dir nach Hause und machen es uns vor dem Fernseher gemütlich.«

Aber Marla wollte nicht heim. Lieber saß sie mit nassen Haaren und feucht-kaltem T-Shirt im Kino und tauchte für eine Weile in eine andere Welt ein. Natürlich fragte Karen hundertmal nach, was mit ihr los sei. Aber Marla erzählte nichts.

Gegen elf war sie zu Hause. Sie ging nicht mehr ins Bad, sondern zog sich nur aus und kroch ins Bett. Sie war so erschöpft, dass sie sofort einschlief.

Donnerstag

Am nächsten Morgen fühlte sie sich wie tot. Sie zwang sich dazu, ein Glas Orangensaft zu trinken und eine Banane zu essen. Anschließend ging sie duschen und fuhr zur Arbeit.

Rike schickte ihr eine SMS, in der sie ihr mitteilte, dass sie gut angekommen sei und sich bestens amüsiere. Elias meldete sich nicht mehr.

Abends ging Marla nicht zum Yoga, sondern fuhr direkt nach Hause. Wie eine Besessene räumte sie die Küche auf, saugte die Böden und putzte das Bad. Irgendwann konnte sie das nagende Gefühl in ihrem Bauch nicht mehr ignorieren. Sie kochte sich eine Tütensuppe und löffelte sie, während sie die Zwanzig-Uhr-Nachrichten anschaute. Und plötzlich stand ihr Entschluss fest: Sie würde sich eine eigene kleine Wohnung suchen. Marla wollte alleine klarkommen, selbst darüber bestimmen, wie sie ihr Leben gestaltete, und niemandem darüber Rechenschaft ablegen.

Sie brauchte die anderen nicht.

Nach dem Gewitter am Vortag war es mächtig abgekühlt. Marla hatte die Wohnung gründlich gelüftet. Inzwischen fröstelte sie. Damit sie nicht doch noch krank wurde, schloss sie sämtliche Fenster, ließ aber das in ihrem Zimmer für die Nacht auf Kipp stehen. Anschließend drehte sie den Wasserhahn der Badewanne auf und träufelte ein wenig Eukalyptusöl ins Wasser. Marla mochte diesen Duft, auch wenn sie nicht erkältet war. Sie zündete eine Kerze an und schlüpfte aus ihrer Jeans. In diesem Moment klingelte ihr Handy, das sie auf der Waschbeckenkonsole abgelegt hatte. *unbekannte rufnummer* blinkte auf dem Display. Marla wollte den Anruf unterdrücken, berührte dann aber versehentlich die Verbindungstaste.

»Ich bin immer bei dir«, sagte die Stimme. »Ich habe dich nie aus den Augen gelassen.«

Marla hörte auf zu atmen. Fast wäre ihr das Handy aus

der Hand gerutscht, aber dann hatte sie sich doch wieder im Griff. »Du Arschloch!«, brüllte sie voller Wut und kappte die Verbindung. Dann sah sie, dass auch noch eine MMS angekommen war. Sie lud sie aufs Display und stieß vor Entsetzen einen Schrei aus.

Der Kurzfilm, den ihr der unbekannte Anrufer geschickt hatte, zeigte sie, nur mit einem Höschen bekleidet, vor ihrem Kleiderschrank. Sie nahm ein T-Shirt und frische Unterwäsche heraus und legte die Sachen aufs Bett. Dann zog sie ihr Höschen aus und ließ es zu Boden fallen. Sie war vollkommen nackt, und der, der sie anrief, der sie seit Tagen, seit Wochen, vielleicht sogar schon seit Monaten beobachtete, hatte sie so gesehen und gefilmt! Mit einem Schlag wurde Marla eiskalt. Ihr Herz raste. Sie starrte auf das Handydisplay und hatte das Gefühl, jeden Moment durchzudrehen. Wann hatte dieser Scheißkerl sie so gesehen? Gestern? Vorgestern? Bevor das Wohnungstürschloss ausgewechselt worden war oder danach? Wann hatte sie dieses mintgrüne Höschen mit den angeschnittenen Beinen getragen? Und von wo aus hatte er sie gefilmt? Eigentlich war es nur vom Fenster aus möglich. Aber es gab keine Reflexe der Scheiben auf dem Videobild. Marla schloss die Augen, und auf einmal wusste sie, wann es gewesen war. Am Wochenende! Präzise gesagt, am Samstagvormittag. Sie hatte das Höschen und das dazu passende Top am Freitag getragen und war abends damit ins Bett gegangen. Am nächsten Morgen hatte sie das Fenster geöffnet, sie hatte nachgesehen, ob das Bad frei war. Dann war sie in ihr Zimmer zurückgelaufen, hatte das Top abgestreift und frische Sachen aus dem Schrank genommen … Zu diesem Zeitpunkt hatte dieses Schwein im offenen Fenster gestanden und sie gefilmt, und – was das Schrecklichste überhaupt war – sie hatte es nicht gemerkt!

Ohne weiter nachzudenken, wählte sie die 110. Es dauerte nur ein paar Sekunden, dann meldete sich eine Männerstimme. Marla wartete gar nicht erst ab, bis der Beamte sein Sprüchlein aufgesagt hatte.

»Sie müssen sofort kommen!«

»Nennen Sie bitte Ihren Namen und Ihre Adresse.«

»Marla Hofner. Heroldstraße achtundsechzig. Ich werde bedroht«, presste Marla hervor. »Von einem Fremden. Er hat mich gefilmt … Ich …«

»Bitte bewahren Sie Ruhe«, sagte der Mann am anderen Ende. »Wir schicken eine Streife vorbei.«

Keine fünf Minuten später klingelte es an der Wohnungstür. Dennoch war Marla diese Zeit wie eine Ewigkeit vorgekommen. Sie hatte nicht gewagt, das Bad zu verlassen, hatte nur das Wasser abgedreht, ihre Jeans wieder angezogen und sich dann zitternd auf den Klodeckel gehockt. Jetzt tappte sie in den hell erleuchteten Flur und sah durch den Spion.

Im Treppenhaus stand der rotblonde Polizist, den sie schon kannte, mit einer Kollegin. Marla öffnete die Tür.

»Anderthalb Wochen hat er sich nicht gemeldet«, brach es aus ihr hervor. »Und jetzt …«

»Ich habe Ihnen doch gesagt, dass Sie auch die Fenster sichern sollen«, sagte der Beamte.

Seine Kollegin, die einen Kopf kleiner war als Marla und ihre glatten blonden Haare zu einem Pferdeschwanz zusammengebunden trug, nickte.

»Sie müssen ihn doch nur finden«, stieß Marla hervor. »Wenn Sie ihn finden …«

»Das ist nicht so einfach«, sagte die Polizistin. Sie blickte Marla offen an. »Darf ich mir das Video mal ansehen?«

Marla holte ihr Handy und reichte es ihr.

»Hatten Sie Ihr Fenster geöffnet?«, fragte sie, nachdem sie eine Weile auf das Display geschaut hatte.

Marla hob die Schultern. »Man muss ja mal durchlüften. Außerdem habe ich mich sicher gefühlt, nachdem keine Anrufe mehr kamen.«

Der Polizist schüttelte den Kopf. »Das ist nur eine trügerische Sicherheit«, sagte er. »Der Umstand, dass er Sie nicht mehr anrufen kann, bedeutet ja nicht, dass er völlig verschwunden ist.« Er ließ sich von seiner Kollegin die Nummer des Absenders geben und stellte nach einem kurzen Blick in seine Unterlagen fest, dass die MMS ebenfalls von dem als gestohlen gemeldeten Handy abgesendet worden war.

»Ich verstehe das nicht«, sagte Marla. »Wie hat der meine neue Handynummer rausgekriegt?«

»Vielleicht haben Sie mit ihm telefoniert«, erwiderte die Beamtin. »Was bedeuten würde, dass der Stalker aus Ihrem nahen Umfeld kommt.«

»Aber wieso?«, stammelte Marla. »Ich hab doch nicht …«

Der rotblonde Polizist reichte ihr einen Schreibblock. »Bitte denken Sie genau nach, mit wem Sie in den letzten zehn Tagen von Ihrem Handy aus telefoniert oder wem Sie eine SMS geschickt haben, und schreiben Sie mir die Namen auf. Alle, auch die der weiblichen Personen.«

Marla starrte ihn an. Sie nahm den Block, ließ sich auf den Hocker sinken und fing an zu schreiben. Sie notierte alle Namen, die ihr einfielen: Karens, Noras, Chloes, Toms, Gereons, Rikes, Elias', selbst die ihrer Eltern.

»Das ist ziemlich übersichtlich.« Der Polizeibeamte nickte zufrieden. »Wir werden das überprüfen und melden uns dann bei Ihnen. Und Sie ...«, er blickte Marla durchdringend an, »... Sie halten bitte alle Fenster geschlossen. Wir sehen uns jetzt noch mal im Innenhof um, und in der Nacht werden wir in dieser Straße verstärkt Streife fahren.« Er griff in seine Brusttasche und holte seine Karte heraus. »Über diese Nummer können Sie mich direkt erreichen. Bitte tun Sie nichts Unüberlegtes. Auch wenn dieser Mensch Ihnen aller Wahrscheinlichkeit nach nicht wirklich gefährlich werden wird, sollten Sie auf der Hut sein. Er will, dass Ihre Gedanken ausschließlich um ihn kreisen, und er wird nicht aufhören, Sie zu terrorisieren, bis wir ihn gefunden haben.«

Marla verriegelte die Tür. Anschließend schloss sie auch das Fenster in ihrem Zimmer. Sie sah, dass die beiden Polizisten den Innenhof inspizierten, und zog die Vorhänge zu. Danach klapperte sie die Zimmer ab, machte in jedem Licht, schaute in jede Ecke, kontrollierte jedes Fenster. Sie lernte die Handynummer von Harald Schirmetz – so hieß der rotblonde Polizist – auswendig, und allmählich löste sich die Anspannung in ihr. Es kann dir nichts passieren, dachte sie. Niemand ist in der Wohnung, alle Fenster sind zu. Er müsste schon eines einschlagen, um eindringen zu können. Und selbst wenn das geschah, war es nicht sicher, ob er überhaupt hereinkommen würde oder ihr nur einen Schrecken einjagen wollte. Sie hätte genug Zeit, die Streife zu rufen. Nein, ihr konnte nichts passieren.

Marla ging ins Bad, ließ das abgekühlte Wasser aus der Wanne laufen und füllte heißes nach. Sie zog den kleinen Hocker bis an die Wanne heran und legte ihr Handy darauf. Die Tür ließ sie offen stehen, damit sie die Diele im Blick hatte.

»Tom und Gereon scheiden aus«, murmelte sie, während sie noch ein wenig Eukalyptusöl ins Badewasser tröpfeln ließ. Sie zog sich aus, drehte den Temperaturregler in den blauen Bereich und wartete, bis das Wasser ein wenig kühler geworden war, ehe sie sich der Länge nach hineingleiten ließ. »Karen, Nora und Chloe sowieso.« Und ihre Eltern natürlich auch. Blieben also nur Rike und Elias.

Rike und Elias …

Vielleicht war das Ganze ja ein abgekartetes Spiel.

Möglicherweise ging die Geschichte zwischen den beiden ja schon viel länger. Bestimmt lag sie mit ihrer Vermutung richtig, dass Elias Rike bereits am Sonntag nach der Party angerufen hatte. Sie musste sich mit ihm getroffen und ihm erklärt haben, dass Marla nicht das Gleiche für ihn empfand wie er für sie. Das würde auch seine Zurückhaltung erklären, die er ihr gegenüber bei ihren Treffen im Café an den Tag gelegt hatte.

Marla schloss die Augen, und plötzlich fügte sich ein

Bild ins andere. Rike hatte alles inszeniert. Sie hatte die Einladung zum Spanier selber geschrieben, das Techtelmechtel mit Simon erfunden, damit Marla nicht misstrauisch wurde, und wahrscheinlich sogar irgendjemanden dazu überredet, diese seltsamen Anrufe zu machen und in ihre Wohnung einzudringen. Schräge oder verrückte Leute kannte sie schließlich genug. Marla sollte glauben, dass Elias dahintersteckte.

»Nein, das kann nicht sein«, murmelte Marla. »Ich bin verrückt. Ich kann doch nicht …« Sie öffnete die Augen und starrte an die Decke. »Rike so etwas zuzutrauen …«

Eine neuerliche Unruhe überfiel sie, und mit einem Mal konnte sie nicht mehr still in der Badewanne liegen. Sie setzte sich auf, zog den Stöpsel heraus und griff nach dem großen Handtuch. Vom Flur her wehte ein kühler Luftzug zu ihr herüber. – Alle Fenster waren geschlossen. Wie war das möglich?

Mit einem Satz stand Marla auf der Badematte. Sie schlang das Handtuch um ihren Körper, griff nach dem Handy und tippte Harald Schirmetz' Nummer ein. Den Daumen neben der Verbindungstaste, tappte sie den Flur entlang, spähte zuerst in die Küche, dann in Rikes und den gemeinsamen Wohnraum, ehe sie schließlich auf ihr eigenes Zimmer zuging. Bereits vom Flur aus sah sie, dass eine Vorhanghälfte zurückgezogen war und der linke Fensterflügel sperrangelweit offen stand.

Im ersten Moment war Marla wie paralysiert. Dann wurde ihr schlagartig klar, dass ER nicht ins Zimmer eingestiegen sein konnte – sondern daraus geflüchtet sein musste.

Sie überlegte nicht lange, sondern lief auf das geöffnete

Fenster zu und starrte hinaus. Doch im Innenhof war alles ruhig.

Hastig schloss Marla das Fenster und zog den Vorhang zu. Die Gewissheit, dass ER nun mindestens schon zum dritten Mal in ihrer Wohnung und in ihrem Zimmer gewesen war, machte ihr plötzlich keine Angst mehr. Harald Schirmetz hatte recht: ER wollte ihr nichts tun, sein einziges Ziel war es, sie in Atem zu halten. Das war aufregend genug. Ja verdammt, das war es. Aber die Wahrscheinlichkeit, dass nur ein Freund oder Bekannter von Rike infrage kam, nahm der ganzen Sache den Schrecken, und das anfängliche Entsetzen über die Ungeheuerlichkeit ihrer Vermutung verwandelte sich nun in Wut. Wenn Rike morgen heimkam, würde sie ihr blaues Wunder erleben. Und Elias heute Abend schon. Denn dass die Polizisten ihn durchcheckten, daran bestand kein Zweifel.

Zornig wandte Marla sich um und legte ihr Handy auf den Schreibtisch, da fiel ihr ein längliches Kuvert ins Auge, das auf ihrem Laptop lag. Ihr Herzschlag beschleunigte sich, als sie es aufnahm, öffnete und eine Zugfahrkarte hervorzog.

»Duisburg – Amsterdam«, murmelte sie kopfschüttelnd. »Einfache Fahrt. Gültig vom dreizehnten bis fünfzehnten Juni.«

Was hatte das nun wieder zu bedeuten?

Einer inneren Eingebung folgend, öffnete Marla den Laptop. Sie zuckte zusammen, als der Monitor aufblendete, und sah sofort, dass eine Mail eingegangen war. Mit fahrigen Fingern tastete sie nach dem Trackball, öffnete ihr Postfach und klickte die E-Mail auf den Bildschirm.

Es erschien ein Foto von ihr, das zeigte, wie sie ihr mintgrünes Höschen zu Boden fallen ließ. Darunter stand:

abfahrt in duisburg 05:59. ich erwarte dich um 09:22 in amsterdam. wenn du nicht kommst, schicke ich das foto um die welt.

Leise keuchend hatte er unter ihrem Fenster gehockt. Er hatte sie noch ins Zimmer kommen sehen, erst dann hatte er sich ganz heruntergeduckt. Sie hatte in den Innenhof gespäht, um Ausschau nach ihm zu halten. Vielleicht hatte sie gehofft, dass es schon jetzt so weit sein würde. Die Gelegenheit war günstig, ihre Freundin verreist, sie ganz allein in der Wohnung. Sie hätten eine wundervolle Nacht miteinander verbringen können. Aber der Ort gefiel ihm nicht. Außerdem hatte er ja schon alles vorbereitet. Sie musste nicht mehr lange warten.

Die Spielregeln, nach denen sie mit ihm spielte, hatte er inzwischen auch verstanden. Sie liebte den Nervenkitzel, die Gefahr. Vielleicht erregte es sie sogar, so zu tun, als ob sie tatsächlich bedroht würde. Die Anrufe bei der Polizei, das Gespräch mit diesem Beamten, das Austauschen der Nummern, all das hatte sie nicht getan, um sich ihn vom Hals zu halten. Im Gegenteil: Sie hatte ihn nur prüfen, bloß wissen wollen, ob er sich von diesen Maßnahmen abschrecken ließ. Und er hatte die Prüfung bestanden. Schließlich hatte ihr Zimmerfenster fast immer auf Kipp gestanden. Es war kein Problem gewesen, hindurchzugreifen und den Griff des anderen Flügels umzulegen. Trotzdem hatte er sie zappeln lassen. Während er sich an ihrem Anblick weidete, musste sie leiden, bis sie ihn so sehr vermisste, dass sie ihm ihr Geheimnis verriet.

Niemals würde er ihr unschuldiges Lächeln vergessen,

das ihre Augen umspielte, als sie ihm ihre Visitenkarte gab. Er hatte genau gewusst, was sie in diesem Moment dachte.

Nun hatte das Warten ein Ende. Nicht einmal mehr zwölf Stunden, und sie würden endlich für immer vereint sein!

8 FREITAG

Den Gedanken, Harald Schirmetz anzurufen, hatte Marla gleich wieder verworfen. Wenn tatsächlich Rike hinter allem steckte, wenn das Ganze eher ein böser Streich war, dann konnte die Polizei ohnehin nicht viel ausrichten. Nein, diese Geschichte war inzwischen viel zu persönlich geworden, fast schon intim. Es war Marlas Geschichte. Und diese Geschichte wollte sie jetzt endlich zu Ende bringen. Wer auch immer sie in den Niederlanden erwartete, er sollte ihr ins Gesicht sehen und sich für dieses abscheuliche Spiel, das er mit ihr getrieben hatte, in Grund und Boden schämen.

Marla schlief nicht mehr in dieser Nacht. Ihr Kopf war hellwach, und nachdem sie drei Stunden still auf ihrem Bett gelegen hatte, fühlte sie sich sogar einigermaßen ausgeruht.

Um kurz nach fünf verließ sie das Haus. Marla fuhr mit dem Bus zum Bahnhof. Auf dem Bahnsteig kaufte sie sich eine Halbliterflasche Mineralwasser, ein Croissant und einen Becher Milchkaffee.

Der Regionalexpress 10202 nach Viersen fuhr pünktlich ein. Marla setzte sich auf einen leeren Viererplatz. Noch war kaum etwas los. Die Rushhour begann erst gegen sechs, halb sieben. In Viersen würde sie mehr Probleme haben, einen freien Platz zu finden. Insgesamt musste sie dreimal umsteigen. In Viersen, Venlo und Eindhoven.

Marla lehnte ihren Kopf zurück und gähnte. Darüber, dass sie nicht das kleinste bisschen aufgeregt war, wunderte sie sich schon.

Im Zug nach Eindhoven nickte Marla ein und schreckte erst auf, als sie bereits im Bahnhof standen. Der IC hatte sich verspätet. Marla blieb nur eine knappe Minute, um den Bahnsteig zu wechseln, und erreichte den Zug nach Amsterdam in buchstäblich letzter Sekunde.

Sie durchquerte vier Wagen, erst dann fand sie einen Sitzplatz in einem Sechspersonenabteil. Zwei Frauen blickten müde vor sich hin, ein Mann am Fenster las Zeitung, zwei unterhielten sich auf Holländisch.

Marla drückte ihre Umhängetasche an sich. Ihre Finger waren feucht, die Anspannung wuchs. Nur noch eine gute Stunde bis Amsterdam. Ob er sie bereits am Bahnhof erwartete?

Was hatte er vor?

Warum hatte er sie ausgerechnet nach Amsterdam gelockt?

Um auf dem Bahnsteig zu stehen und sich halb tot zu lachen?

Oder ging das Spiel danach noch weiter?

Ein beklemmendes Gefühl machte sich in Marla breit. War es vielleicht doch ein Fehler gewesen, diese Sache alleine zu Ende zu bringen? Sie hatte sich ja nicht einmal einen Plan gemacht. Wie auch, wenn sie gar nicht wusste, was sie erwartete. Eigentlich wollte sie nur wissen, wer er war.

Marla zog ihr Handy hervor. Vielleicht hatte die Polizei ihr ja schon eine Nachricht hinterlassen.

Der Mobilfunkanbieter hatte gewechselt. T-Mobil NL. Es befand sich keine SMS im Eingang, keine neue Nachricht auf ihrer Mailbox. Klar, wahrscheinlich dachten alle, dass sie noch im tiefen Schlummer lag.

ich bin auf dem weg nach amsterdam, tippte sie ein.
wenn ich mich bis heute mittag nicht wieder gemeldet habe, alarmiere bitte die polizei.

Diese Kurznachricht schickte sie an Karen. Inzwischen war es Viertel nach acht. Marla rechnete nicht mit einer Antwort, dennoch fühlte sie sich irgendwie sicherer so.

Um Viertel nach neun begann Marla mit den Trägern ihrer Umhängetasche zu spielen. Die beiden Holländer hatten ihre Unterhaltung abgebrochen und blickten Marla nun unverhohlen an.

»Alles okay?«, fragte einer von ihnen.

»Ja, ja.« Marla nickte. Sie stand auf und verließ das Abteil. Im Gang wählte sie die Nummer vom Reisebüro Weinrich und meldete sich krank. Dann arbeitete sie sich weiter nach vorne durch. Sicher war es gut, wenn sie beim Einfahren den gesamten Bahnsteig abchecken konnte.

Der Zug hatte anderthalb Minuten Verspätung. Marla zog den Kopf ein wenig ein, um durch die schmalen Scheiben der Türen gucken zu können. Der Bahnsteig war voll. Elias entdeckte sie nicht. Und auch sonst niemanden, den sie kannte. Simon und Maximilian hatte sie zwar nur einmal flüchtig gesehen, doch Marla war sicher, dass sie beide sofort erkennen würde.

Der Zug hielt, die Türen öffneten sich schnaufend, und Marla trat auf den Bahnsteig hinaus. Sie zwängte sich an den Leuten, die dort warteten, vorbei und hielt auf das Bahnhofsinnere zu. In ihrer Tasche spielte das Handy die Melodiefolge ihres Klingeltons. Marla stoppte. Jemand stieß gegen sie und ging fluchend an ihr vorbei. Umständlich kramte Marla das Handy hervor und sah auf das Display. *unbekannte rufnummer* wurde angezeigt. Sie tippte auf die Verbindungstaste und hob das Handy ans Ohr. Ihr Herz trommelte so wild, dass sie kaum sprechen konnte.

»Ja …?«

»Hi«, sagte die Stimme.

Ein Schauer raste über Marlas Rücken. »Wer bist du?«, fragte sie.

»Ich bin … immer bei dir.« Die Stimme lachte.

»Bist du hier in Amsterdam?«

»Natürlich.«

»Dann sag mir endlich, wer du bist.«

»Ach, komm schon, Marla, das weißt du doch ganz genau.« Die Stimme klang ungeduldig.

»Simon? Maximilian?«

Wieder lachte die Stimme. »Ich kenne dein Spiel. Ich falle nicht darauf rein.«

»Was willst du von mir?«

»Bei dir sein. Nur bei dir sein. Immer und immer und immer ...«

Er ist verrückt, dachte Marla. Total durchgeknallt. Und vielleicht ja doch gefährlich. Trotzdem musste sie wissen, wer er war. Sobald sie ihn gesehen hatte, würde sie in den nächsten Zug steigen, egal, wohin er fuhr. Dann konnte sie immer noch darüber nachdenken, ob wirklich Rike dahintersteckte und was sie dann tun sollte.

Angespannt linste sie hinter ihrer Ponylocke hervor und suchte den Bahnsteig ab. Wer hatte ein Handy? Wer telefonierte gerade?

»Kannst du mich sehen?«

»Natürlich kann ich das!«

»Wo bist du?«

»Das spielt im Moment keine Rolle. Wir treffen uns ohnehin woanders.«

»Und wo?«

»Schön, dass du so ungeduldig bist.«

Marla schluckte. Die Stimme hatte sich verändert. Sie klang nicht mehr künstlich, nicht mehr so verstellt, dafür hatte sie eine seltsam schwülstige Schwere angenommen. Marla wusste nicht mehr, was sie denken sollte. »Okay«, hauchte sie in ihr Handy. »Wohin soll ich gehen?«

»Nimm den Ausgang zum Busbahnhof und halte dich in Richtung Wasser. Ich melde mich dann wieder.«

Die Verbindung wurde unterbrochen.

»Scheißkerl«, zischte Marla. Jetzt sah sie sich ganz offen auf dem leerer gewordenen Bahnsteig um, konnte aber immer noch niemanden ausmachen, der ihr bekannt vorkam.

Also lief sie zielstrebig in Richtung Bahnhofshalle und versuchte, sich zu orientieren. Inzwischen war es halb zehn. Die Sonne stand im Osten, wanderte langsam in südöstliche Richtung. Da Marla kein Niederländisch konnte, achtete sie auf den Schattenwurf der Leute und entschied sich schließlich für den Ausgang, durch den für ihr Gefühl das meiste Licht hereinfiel.

Sie klemmte sich hinter einen großen, kräftigen Mann, von dem sie sich im Ernstfall Hilfe erhoffte, und trat an seiner Seite auf den Bahnhofsvorplatz hinaus.

Gleich hinter den Taxiständen lag der Busbahnhof, und dahinter schillerte das Ijsselmeer. Marla folgte dem kräftigen Mann noch bis zum zweiten Bussteig. Dort blieb er stehen, und sie musste alleine weiter zum Wasser gehen.

Just in dem Moment, als sie das Geländer an der Uferpromenade erreichte, meldete sich ihr Handy. Er beobachtet mich, dachte Marla beklommen. Er verfolgt jeden meiner Schritte. Und ich habe keine Ahnung, wo er ist.

Sie zog das Handy hervor. »Was jetzt?«, fragte sie und bemühte sich, ihrer Stimme einen festen Klang zu verleihen.

»Du gehst jetzt weiter nach rechts den Westerdoksdijk entlang bis zum Parkplatz und nimmst die erste Möglichkeit, die nach unten führt.«

»Zum Hafen?«

»Ja.«

»Und dann?«

»Lass dich überraschen.«

»Und wenn ich nicht komme?«, erwiderte Marla.

»Natürlich wirst du kommen.«

»Was macht dich …«, … so sicher?, wollte Marla fragen, doch da hatte er die Verbindung bereits unterbrochen.

Klar, die Tatsache, dass sie überhaupt hierher gefahren war, gab ihm natürlich die Gewissheit, dass sie um jeden Preis verhindern wollte, dass er ihr Nacktfoto über eine E-Mail-Kette verteilte oder ins Internet stellte. Marla mochte sich gar nicht vorstellen, wie es wäre, wenn ein Arbeitskollege ihres Vaters dieses Bild entdeckte und es vielleicht sogar im Büro präsentierte. Das durfte auf keinen Fall passieren, allerdings würde sie dafür ganz bestimmt nicht ihr Leben riskieren.

Obwohl sie wusste, dass er sie ununterbrochen im Visier hatte, fühlte sie sich immer noch relativ sicher. Die Uferpromenade war belebt, es waren viele Leute unterwegs, und auch unten am Hafen herrschte reges Treiben. Außerdem war sie hier nicht in Deutschland, wo viele Leute wegsahen, wenn jemand in Not geriet, und so lief sie gerade aufgerichtet und mit festen Schritten weiter, vorbei an einer Autorampe, die zum Kai hinunterführte, bis sie schließlich einen Treppenabgang erreichte.

Unsicher sah Marla zum Uferkai hinunter. Er lag im Schatten der Promenadenmauer, seine Steine waren noch dunkel und feucht vom letzten Hochwasser. Bis zur Uferkante waren es vielleicht zehn, fünfzehn Meter. Einige kleinere Jachten, Motorboote und Katamarane hatten entlang zweier parallel liegender Piers festgemacht, die schnurgerade ins Hafenbecken ragten. Möwen flogen über sie hinweg, landeten auf den Takelagen oder spazierten die Piers entlang und suchten zwischen den Ritzen nach etwas Essbarem.

Marla blickte sich um. Auf dem Bürgersteig, der sich an der Promenade entlangzog, waren zwar nicht mehr so viele Leute unterwegs wie in der unmittelbaren Nähe des Bahnhofs, doch auf dem Westerdoksdijk rauschte reger Verkehr vorbei.

Zögernd umfasste Marla das Geländer und versuchte abzuschätzen, wie viele Menschen sich unten auf dem Kai und den Booten befanden. Sie sah eine blaue Schiffermütze, die hinter einer Kajüte verschwand. Ein Stück weiter hinten hievte ein Mann gerade den Außenbordmotor in sein Boot, und auf dem Deck einer kleinen Jacht lag eine Frau in der Sonne. Ein junger Typ schlenderte den Pier entlang. Er hatte Marla den Rücken zugewandt, sie war trotzdem sicher, dass sie ihn nicht kannte. Vorsichtig setzte sie ihren Fuß auf die erste Stufe. Je länger sie zögerte, desto misstrauischer würde er werden.

Langsam stieg Marla die Treppe hinunter. Und jetzt?, dachte sie, als sie unten angekommen war. Was jetzt?

Als ob er ihre Gedanken lesen könnte, ließ er die Salsa-Melodie in ihrer Jackentasche erklingen. Unwillkürlich dachte Marla an Elias. Ob er wusste, dass sie diese Rhythmen als Klingelton hatte?

»Geh den linken Pier entlang«, hörte Marla ihn sagen.

»Bis wohin?«

»Bis ganz zum Ende.«

Marla kniff die Augen zusammen. »Aber dort ist kein Boot.«

»Geh einfach.«

Marla umklammerte das Handy, so als ob es das Einzige auf der Welt wäre, an dem sie sich noch festhalten konnte.

Mit jedem Schritt, der sie näher an den Pier heranführte, wurden ihre Beine zittriger. Das Blut pulsierte schnell und heiß durch ihre Halsbeuge. Du bist verrückt, dass du das tust, dachte sie. Hier ist Schluss, es ist zu gefährlich!

Marla blieb stehen. In diesem Moment packte sie jemand von hinten an den Schultern. Der Schreck durchfuhr sie so hart und schmerzhaft wie ein Hammerschlag. Im ersten Augenblick war sie wie gelähmt, dann riss sie sich aus der Umklammerung und wirbelte herum.

»Elias!«

Also doch!

Marla taumelte nach hinten. Tränen schossen ihr in die Augen. Erst jetzt wurde ihr bewusst, dass sie das, was sie für so wahrscheinlich gehalten hatte, doch nicht wirklich hatte wahrhaben wollen. Die Erkenntnis war quälend, und die Enttäuschung darüber zerriss ihr fast das Herz.

»Es ist gut«, sagte Elias. »Alles ist gut.« Er streckte seine Hand nach ihr aus.

Marla schüttelte den Kopf. »Lass mich in Ruhe«, presste sie hervor. »Bitte, lass mich endlich in Ruhe.«

»Das kann ich nicht, Marla«, sagte Elias. »Jetzt nicht mehr.«

Er kam einen Schritt auf sie zu, doch Marla war schneller. Sie wich ihm aus und rannte zur Treppe zurück. Sie musste auf die Promenade, dorthin, wo mehr Menschen waren, auch wenn sie nur in ihren Autos an ihr vorbeifuhren. Irgendjemand würde schon merken, dass sie Hilfe brauchte. Marla nahm zwei Stufen auf einmal. In einem irrsinnigen Tempo zog sie sich am Geländer hoch. Hinter sich hörte sie Elias' Schritte und sein Keuchen. Ein eiskaltes

Gefühl umklammerte ihren Nacken. Wenn sie den Vorsprung, den sie sich erkämpft hatte, nicht nutzte, würde er sie einholen. Er war sportlicher als sie und natürlich auch schneller. »Verdammt noch mal, Marla!«, brüllte Elias hinter ihr. »Bleib stehen!«

Doch Marla hörte ihn kaum. Ihr Ziel war die Uferpromenade. Elias hinter ihr fluchte. Vielleicht war er gestolpert. Hoffentlich gab er auf.

Er musste krank sein, ja, krank. Wenn er Glück hatte, verordnete man ihm eine Therapie. Bisher hatte er schließlich niemandem etwas getan. Unwillkürlich fiel Marla Rike ein. Rike – oh Gott!

Verbissen kämpfte sie sich die letzten Stufen hinauf, dann stand sie endlich auf dem Bürgersteig. Unterhalb der Balustrade nahm sie Elias' Schatten wahr. Sie durfte nicht innehalten, keine Sekunde. Sie raste weiter, bis zur nächsten Ampel, dann über den Westerdoksdijk und nach links in Richtung Bahnhof. Dort würde sie einen Polizisten ansprechen, dort würde sie in Sicherheit sein.

Doch der Bahnhof war noch weit, und Elias holte auf. Die Leute, die ihr entgegenkamen, schüttelten die Köpfe, wenn Marla sie versehentlich anrempelte. Einige lachten auch. Keiner von ihnen schien den Ernst der Lage, in der sie sich befand, zu erkennen.

Plötzlich zog ein Auto langsam an ihr vorbei. Es war ein heller Audi mit einem deutschen Kennzeichen. Er bremste ab, und die Scheibe des Beifahrerfensters wurde heruntergelassen. Marla beugte ihren Kopf ein wenig, um einen Blick auf den Fahrer werfen zu können. Wenn es eine Frau war, oder wenn er vertrauenswürdig aussah, dann … Marlas

Herzschlag setzte aus. Es war Stefan! Gott sei Dank – Stefan!

Ohne nachzudenken, riss sie die Beifahrertür auf und ließ sich auf den Sitz fallen.

»Neiiin!«, brüllte Elias hinter ihr.

Marla schlug die Tür zu, und Stefan aktivierte die Zentralverriegelung.

Elias zerrte am Türgriff. »Marla!«, brüllte er. Sein Gesicht war angstverzerrt.

»Ein Verrückter«, sagte Stefan. Er setzte den Blinker und fädelte sich in den Verkehr ein. »Sei froh, dass du ihn los bist.«

Marla lehnte den Kopf zurück. Ihr Atem ging stoßweise. »Oh Mann, Stefan, dich hat der Himmel geschickt!«

»Natürlich.« Stefan lachte.

»So ein Zufall!« Marla konnte es nicht fassen. »Wie kommst du ausgerechnet heute hierher?«

»Ja, hast du es etwa vergessen?«, erwiderte Stefan verwundert. »Heute geht doch unser Flug.«

Marla starrte ihn an. Dann fiel es ihr wieder ein. Natürlich. Heute war der vierzehnte Juni. Stefan flog mit seiner Freundin nach Indonesien. Abflug 14 Uhr 25 in Amsterdam-Schiphol.

»Wo ist sie denn?«

»Wer?«

»Deine Freundin.«

Stefan lenkte den Audi an der Einfahrt zum Bahnhofsgelände vorbei. »Oh, sie ist schon da«, sagte er.

»Was, ihr seid nicht zusammen hierhergekommen?«

Stefan schüttelte den Kopf.

Marla deutete auf den Bahnhof. »Kannst du mich da vorne rauslassen?«

Stefan sah stur durch die Windschutzscheibe und schüttelte abermals den Kopf.

»Aber da sind Bahnbeamte und Polizisten. Dort kann mir nichts passieren! Sie müssen Elias doch schnappen. Sonst lässt er mich nicht in Ruhe. Oder er hängt sich an die Nächste.« Marlas Stimme überschlug sich. »Ich weiß ja nicht mal, was er mit Rike gemacht hat. Vielleicht ist sie gar nicht auf der Hüttenwanderung.«

Erst jetzt merkte sie, dass sie ihr Handy immer noch umklammert hielt.

rike, wo bist du? ist alles in ordnung mit dir?,

tippte sie ein und wollte die SMS gerade abschicken, da riss Stefan ihr das Handy aus der Hand. Er ließ die Fensterscheibe herunter und schleuderte es auf die Straße hinaus.

»Bist du verrückt?«, brüllte Marla. »Stefan, was soll das?« Im selben Augenblick wusste sie, dass diese Frage überflüssig war. In den letzten Wochen hatte sie viele Fehler gemacht, aber der, in dieses Auto einzusteigen, war wohl der größte ihres Lebens.

»Wohin fahren wir?«, kreischte sie.

Stefan sah noch immer stur auf die Straße hinaus. Um seine Mundwinkel spielte ein Lächeln. Dann spürte Marla seine tastende Hand auf ihrem Oberschenkel.

»Überraschung«, sagte er leise.

Marla war kurz davor, durchzudrehen. Ihre ganze Schulterpartie fühlte sich steinhart an, vor Panik bekam sie kaum noch Luft. Wie gelähmt saß sie auf dem Beifahrersitz, doch der Drang, zu schreien und um sich zu treten, war nahezu übermächtig. Als Stefan an einer Ampel halten musste, nutzte sie die Gelegenheit und entriegelte die Tür, doch ehe ihre Hand am Griff war, hatte Stefan die Sperre reaktiviert. Er lachte. Und Marla sackte in sich zusammen.

»Lass mich raus!«, flehte sie. »Du kommst doch sowieso nicht weit. Wir sind in einer riesigen Stadt. Die Polizei wird dich anhalten.«

»Warum sollte sie?«

»Irgendjemand wird mir helfen.«

»Ach, mein Liebling«, sagte Stefan und streichelte ihr über den Oberschenkel. »Das willst du doch gar nicht.«

»Nimm deine Pfoten weg!«, schrie Marla und schlug ihm auf die Hand. »Du bist ekelhaft.«

Stefan legte den Kopf in den Nacken und grinste. »Wenn ich nicht wüsste, dass du das sagen musst, wäre ich dir jetzt sehr böse. Aber ich kenne deine Spielchen ja inzwischen. Ich weiß genau, wonach du dich sehnst.«

Marla schüttelte stumm den Kopf. Der Gedanke, dass er es war, der sie mit den nächtlichen Anrufen terrorisiert hatte, in ihre Wohnung, in ihr Zimmer eingedrungen war, ihre Klamotten durchwühlt und sie NACKT beobachtet hatte, verursachte einen Würgereiz in ihrer Kehle. »Du hast es von Anfang an geplant«, presste sie hervor.

»Natürlich«, sagte er. »Wir sind doch füreinander bestimmt.«

»Du bist ja verrückt!«

»Und wie.« Wieder strich er über ihren Schenkel. »Verrückt nach dir. Schon so unendlich lange.« Stefan wandte ihr sein Gesicht zu und lächelte sie hingebungsvoll an. In seinen Augen lag ein sonderbarer Glanz, und Marla wurde schlagartig klar, dass er unberechenbar und wahrscheinlich zu allem fähig war. »Dann kennst du Rike also gar nicht. Weder von der Schule noch sonst woher«, sagte sie.

»Nein. Ich kenne sie nur vom Sehen.«

Marla holte tief Luft. Sie musste sich unbedingt beruhigen. Wenn sie unüberlegt handelte, brachte sie sich in Lebensgefahr. Das Beste war es wohl, sie würde sein Spiel mitspielen. Offenbar ging er davon aus, dass sie ihn genauso wollte wie er sie. Möglicherweise hatte sie ihn sogar dazu ermutigt, das zu tun, was er gerade tat. Sie hatte ihm ihre Visitenkarte mit E-Mail-Adresse und der neuen Handynummer gegeben. Marla verstand inzwischen selber nicht mehr, dass sie ihm gegenüber so arglos gewesen war. Aber dieser korrekte, linkisch-nette Typ war wirklich der Letzte, dem sie so etwas zugetraut hätte.

Du musst mit ihm reden, dachte sie. Dann muss er dir zuhören. Zuhören und sich auf die Straße konzentrieren. Er kann dich nicht gleichzeitig noch betatschen, geschweige denn, dir etwas tun. Es wird ihn entspannen. Und je entspannter er war, desto größer war ihre Chance, ihn irgendwie zu überrumpeln und doch noch zu entkommen.

»Bist du auch mit dem Zug gefahren?«, fragte sie.

»Natürlich nicht. Ich hab doch den Wagen.«

»Aber du wusstest immer genau, wo ich gerade war.«

Stefan nickte. »Ja. Ich habe mich von unterwegs aus am Bahnhof erkundigt und erfahren, dass der Zug sich nur unwesentlich verspäten würde. Ich habe gewartet, bis du rauskommst. Ich bin dir die ganze Zeit mit dem Wagen gefolgt.« Er lachte. »Aber du hast es nicht gemerkt.«

»Und da unten am Kai?«, fragte Marla fast mechanisch weiter.

»Ich bin die Rampe hinuntergefahren. Aber dann habe ich diesen Akrobaten gesehen.« Stefans Miene verfinsterte sich. Er ballte eine Hand und schlug mit der Faust auf das Lenkrad ein. »Fast hätte er uns alles vermasselt.«

Marla presste die Lippen aufeinander. Wenn sie an Elias dachte, hätte sie heulen können. Wie dumm sie doch gewesen war! Es war ihr völlig schleierhaft, wie er erfahren hatte, dass sie heute hier in Amsterdam war. Er hatte ihr helfen wollen. Und sie? Sie hatte gedacht, dass er der Stalker war. Hätte sie ihm doch nur eine einzige Sekunde getraut. – Sie wäre jetzt in Sicherheit!

»Ich kann nicht mit dir nach Indonesien fliegen«, sagte sie. »Ich bin noch nicht volljährig. Ich komme gar nicht durch die Passkontrolle.«

»Wir fliegen nicht nach Indonesien«, erwiderte Stefan. »Ich habe die Flüge natürlich längst storniert.«

»Warum ...?«, ... hast du sie dann erst gebucht?, wollte Marla fragen, doch Stefan hatte die Antwort schon parat. »Weil ich mit dir reden wollte und in deiner Nähe sein musste«, sagte er. »Ich hätte es nicht ausgehalten, so lange zu warten.«

»Warum hast du überhaupt so lange gewartet?«, fragte Marla leise.

»Ich musste doch noch diese Klausur schreiben«, sagte Stefan.

Wenn die Situation, in der sie sich befand, nicht so bedrohlich gewesen wäre, hätte Marla jetzt laut herausgelacht. Es war doch geradezu irrwitzig, von welch normalen Umständen der Zeitpunkt eines Verbrechens abhängen konnte.

Plötzlich war ihr speiübel. Marla presste ihre Hände zusammen, sah aus dem Seitenfenster und überlegte. Ob Elias ihnen folgte? – Wohl eher nicht. Bestimmt wäre es Stefan längst aufgefallen, wenn derselbe Wagen beständig hinter ihnen herfahren würde. Unauffällig warf sie einen Blick auf ihre Uhr. Wie lange mochte sie hier nun schon im Auto sitzen? Zehn Minuten? Allerhöchstens. Inzwischen hatten sie die Stadtmitte verlassen. Stefan lenkte den Audi in schmalere Straßen. Sie überquerten mehrere Grachten. Die Häuser hier waren nun nur noch zweistöckig, dazwischen und dahinter lagen Gärten.

»Meine Oma war mit einem Holländer verheiratet«, erzählte Stefan. »Nach seinem Tod ist sie hier geblieben.«

Marla sah ihn überrascht an. Plötzlich keimte neue Hoffnung in ihr auf. »Wir besuchen deine Oma?«

»Nein. Wir fahren in ihr Haus. Sie hat es mir vererbt.«

»U-und wo ist dieses Haus?«, stammelte Marla. »Hi-hier in Amsterdam?«

Stefan nickte. »Wir sind gleich da. Ich habe schon alles vorbereitet.«

Marlas Magen krampfte sich zusammen. Was?, dachte sie panisch. Was hast du vorbereitet?

Wollte er sie einsperren? Vergewaltigen? Umbringen?

»Da vorne ist es.« Stefan setzte den Blinker. An der Ecke stand ein Mann mit einem Hund.

Marla schlug mit den Handballen gegen die Scheibe. »Hilfe! Bitte helfen Sie mir. Hiiilfeee!«

Der Mann winkte und grinste. Der Hund bellte wie verrückt.

»Was soll der Scheiß?«, sagte Stefan. Er lenkte den Wagen neben einem fliederfarben getünchten Haus in eine Auffahrt und fuhr ihn direkt in eine offen stehende Garage. Panisch drehte Marla sich um. Hinter ihnen war niemand. Kein Auto, kein Mensch, auch der Mann vom Straßenrand war verschwunden

Das Garagentor klappte zu.

»Ein Sensor«, sagte Stefan. Stolz schwang in seiner Stimme. »In diesem Haus sind wir sicher. Keiner kommt rein, niemand stört uns. Hier werden wir sehr glücklich sein.« Er nickte Marla zu. »Du kannst jetzt aussteigen.«

Mit zitternden Fingern tastete sie nach dem Griff. Sie zog daran, und die Tür sprang auf.

»Bitte sei vorsichtig«, sagte Stefan. »Bis zur Wand ist nicht viel Platz.«

Marla zwängte sich durch den schmalen Spalt in die Garage und ließ die Tür wieder zufallen. Du musst mit ihm reden, hämmerte sie sich ein. Rede mit ihm.

»Hast du die ganzen Sicherungen eingebaut?«, fragte sie.

»Natürlich«, sagte Stefan. Er deutete auf eine schmale Holztür am Ende der Garage. »Dort geht es raus.«

Marla machte ein paar Schritte auf die Tür zu. Sie drückte die Klinke herunter und stand im nächsten Moment auf einem schmalen Weg inmitten von Pflanzen und Blumen. Ihr Blick fiel auf einen geradezu märchenhaften Garten.

»Alles deins«, sagte Stefan. Er umfasste ihren Nacken und zog sie dicht an sich. »Du meinst es doch ernst mit mir?«

Marla spürte seinen warmen Atem in ihrem Gesicht. Sie war stocksteif und wagte kaum zu atmen. Doch sie zwang sich, ihm in die Augen zu sehen. Jetzt nur nichts Falsches sagen, dachte sie und rang sich ein Lächeln ab. Sie brachte es sogar über sich, ihre Hand auf seine Brust zu legen und sanft bis zu seinem Hals hinaufzustreichen. »Na klar, Stefan«, flüsterte sie. »Ich will mich nur ein bisschen im Garten umsehen und dann …«

»Du wirst nicht wieder um Hilfe rufen?«, fragte er misstrauisch.

»Aber das war doch nur …«

»Dein Spiel, ich weiß, ich weiß.« Stefans Augen bekamen wieder diesen sonderbaren Glanz. »Oh Marla, wir werden es schön haben, wir zwei. Wir werden die glücklichsten Menschen sein, wir …«

»Ja, das werden wir«, sagte Marla. Sachte drückte sie ihn weg. Sie drehte sich um und ging zögernd den schmalen Weg entlang in den Garten hinein. Der Zaun zum Nachbarhaus war zu hoch, aber den hinteren Teil des Gartens schien nur eine Hecke abzugrenzen.

»Du gehörst mir«, sagte Stefan hinter ihr. »Mir ganz allein.«

Marla hatte keine Wahl. Sie musste es versuchen. Es war ihre einzige Chance. Ohne lange zu überlegen, rannte sie los. Sie raste über die Grünfläche, sprang über ein verwildertes Blumenbeet und stürzte sich mit den Armen voran in die Hecke. Sie war dicht gewachsen und dornig. Marla merkte nicht, dass sie sich die Haut aufriss, sie zwängte sich mit aller Macht zwischen zwei kräftigen Ästen durch und merkte viel zu spät, dass sie hier nicht weiterkam. Nur ein fußschmaler Befestigungsstreifen trennte die Hecke von einer Gracht, die sich hinter den Gärten entlangzog. Vor dem Nachbargrundstück lag ein Paddelboot. Wenn sie das erreichen konnte …

Marla stürzte sich ins Wasser. Sie versank bis zur Taille, rutschte weg und fing an zu schwimmen. Zehn, vielleicht zwölf Züge trennten sie von dem Boot. Sie hörte jemanden rufen, und in der Ferne ertönte eine Polizeisirene. Dann spürte sie, dass jemand hinter ihr war. Die Strömung im Wasser hatte sich verändert, und da war auch ein Schnaufen. Dann griff eine Hand nach ihr.

Marla schrie.

»Es ist gut«, sagte Elias. »Alles ist gut.« Seine Haare waren klatschnass, sogar in seinen Wimpern hingen die Wassertropfen. Seine Hand tastete unter Wasser nach ihrem Arm. »Es ist gut, Marla.«

»Elias«, hauchte Marla. Dann verließen sie die Kräfte. Sie sank nach vorne weg, aber Elias fing sie auf. Er hob sie hoch, und ihr Kopf fiel auf seine Schulter. Sie spürte seine kräftigen Arme um ihren Körper. Eine Sekunde später wurde alles schwarz um sie herum.

Als sie wieder zu sich kam, lag sie in eine Wolldecke gehüllt auf einer Trage. Elias stand neben ihr und hielt ihre Hand.

»Sie haben ihn«, sagte er. »Er wird dir nie wieder etwas tun.«

Marla sah Elias an. »Ich verstehe das alles nicht. Ich war so dumm.«

Marla wurde in eine Klinik gebracht und untersucht. Man verpasste ihr eine Tetanusspritze und versorgte ihre Schrammen. Ernsthafte Verletzungen hatte sie nicht. Eine Schwesternschülerin steckte ihre und Elias' Kleidungsstücke in einen Trockner, und nachdem sie sich in ihren Klinikhemden auf ein Krankenbett gehockt hatten, erschien ein Kriminalbeamter mit einem Assistenten. Sie übergaben Marla ihr Handy, das ein Fahrradfahrer gefunden und zur nächsten Wache gebracht hatte, und nahmen ihre Aussage auf. Anderthalb Stunden später erhielten sie ihre Sachen zurück und durften gehen.

»Ich verstehe das alles nicht«, sagte Marla.

Elias legte seinen Arm um ihre Schulter und zog sie zum Ausgang. »Komm, wir fahren nach Hause.«

Der Polo seines Bruders stand auf dem Klinikparkplatz. »Letzte Nacht kamen zwei Polizeibeamte zu mir«, erzählte er, während er Marla die Beifahrertür öffnete. »Sie sagten mir ganz offen ins Gesicht, dass ich unter dem Verdacht stünde, dich mit Anrufen und Einbrüchen in deine Privatsphäre zu belästigen. Ich konnte diesen Verdacht sofort zerstreuen, denn ich konnte nachweisen, dass ich den ganzen Abend bei meinem Bruder und seiner Freundin gewesen war und von dort aus nicht telefoniert hatte.«

»Und ich hab gedacht, dass Rike dahintersteckt.« Marla senkte den Kopf. »Ich schäme mich so. Ich habe wirklich geglaubt, dass sie mir diesen Stalker auf den Hals gehetzt hat. Nie im Leben wäre ich auf die Idee gekommen, dass Stefan …« Sie brach ab. Natürlich wusste sie, dass sie das alles so schnell nicht vergessen würde, aber jetzt wollte sie erst mal nicht mehr an die letzten Stunden denken.

»Rike hat mir ihren Schlüssel gegeben«, fuhr Elias fort. »Für alle Fälle. Ich bin heute Morgen sofort in eure Wohnung gefahren. Eigentlich hatte ich mir überlegt, noch in der Nacht zu kommen, was im Nachhinein natürlich viel besser gewesen wäre. Aber ich konnte doch nicht ahnen … Ich wollte dich nicht erschrecken. Ja, und dann habe ich das Bild auf deinem Laptop gesehen und diese Nachricht.«

»Du hast mein Bild gesehen …?«, murmelte Marla und ließ sich auf den Sitz fallen.

»Da war es kurz nach halb sieben«, sagte Elias. Er ging in die Knie und schob sich auf den Türholm. »Ich kann dir sagen, ich bin gefahren wie der Teufel. Es war reiner Zufall, dass ich auf der Ostseite des Bahnhofs war, als ich dich über die Ampel gehen sah. Ich hab den Wagen abgestellt und bin hinter dir her gegangen. Aber du …« Er griff nach Marlas Hand und drückte sie. »Du hast gedacht …«

»Warum hat Rike dir ihren Schlüssel gegeben?«, fragte Marla. »Bist du mit ihr zusammen?«

»Nein!«, rief Elias erstaunt.

»Aber ich habe euch gesehen. Am Dienstag. Zusammen in der Stadt.«

»Ja, da haben wir uns getroffen«, sagte Elias. »Deinetwegen. Aber es ist nie etwas zwischen Rike und mir gewesen. Wir haben immer nur über dich geredet.«

»Über mich?« Marla hob den Kopf und sah Elias fragend an.

»Ja, weißt du, du hast mich schier zur Verzweiflung gebracht«, platzte er heraus. »Ich hab mich irre gefreut, dass du mir gleich nach der Party auf die Mailbox gesprochen hast. Ich habe natürlich zurückgerufen, aber es war Rikes Nummer.«

Marla nickte. So weit war sie auch schon gewesen.

»Ich habe ihr sofort gesagt, dass ich mich Knall auf Fall in dich verliebt habe, aber sie hat mich gewarnt, bei dir mit der Tür ins Haus zu fallen. Sie sagte, du seist ein Kopfmensch und dass du Zeit bräuchtest, dir über deine Gefühle klar zu werden. Sie hat mir versprochen, vorzufühlen und mich auf dem Laufenden zu halten.«

»Hat sie dir nicht gesagt, dass sie selber auch …« Marla brauchte nicht weiterzureden, denn Elias nickte sofort. »Doch, hat sie.« Er hob die Hände. »Und ich schwöre, ich hätte mich nicht mit ihr getroffen, wenn nicht diese Sache mit den Anrufen gewesen wäre.«

»Das hat Rike dir auch erzählt?«

Elias nickte. »Ich wäre fast verrückt geworden. Ich wusste ja, dass dadurch alles nur noch komplizierter werden würde. Und als wir uns dann zufällig im Café getroffen haben, war ich der glücklichste Mensch der Welt. Ich dachte, jetzt wird alles gut. Aber du warst auch danach immer noch so distanziert … Und das, obwohl ich meine Gefühle ganz offen vor dir ausgebreitet hatte. Verstehst du, Marla, ich konnte mir nie sicher sein, ob du auch …«

»Ich hab das alles völlig falsch verstanden«, sagte Marla leise. »Ich dachte, du wärst dir über *deine* Gefühle nicht sicher.« Tränen rollten ihr über die Wangen. »Ich bin so ... so ... so bescheuert gewesen.«

»Hey«, flüsterte Elias. Sanft wischte er ihre Tränen weg. »Hey.«

Marla wandte den Kopf und versuchte ein Lächeln. Dann umschlang sie ihn. Die Tränen tropften auf seine Jeansjacke, und ihre Nasenspitze berührte seinen Hals. Sie sog seinen Duft ein, der ihr mit einem Mal so vertraut vorkam, und ließ sich in seinen Armen wiegen.

Eine ganze Weile saßen sie so da, bis keine Tränen mehr kamen. Elias verbarg sein Gesicht in ihren Locken, suchte mit seinen Lippen ihr Ohr und murmelte: »Schau mal ...«

Marla hob ihren Kopf und sah sein zaghaftes Lächeln. Sie konnte es kaum fassen, dass sie hier in diesem Moment tatsächlich in seinen Armen lag.

Elias strich über ihren Ärmel, zupfte am Saum ihres T-Shirts und zog eine Stoffblüte darunter hervor.

»Was ist denn das?« Überrascht griff Marla nach der bunten Blüte.

»Eine echte Blume konnte ich auf die Schnelle leider nicht organisieren«, meinte Elias schulterzuckend.

»Aber ...« Marla befühlte die schimmernden Blütenblätter aus orangefarbenem Organza. Sie lösten sich unter ihrer Berührung, fielen in ihren Schoß, und plötzlich hielt sie nur noch ein kleines, samtweiches Stoffherz in den Händen.

Ich liebe dich, stand darauf.

»Eigentlich hatte ich mir dafür einen romantischeren Ort vorgestellt«, sagte Elias leise.

Marla starrte auf das Herz in ihrer Hand. Sie hörte ihr eigenes klopfen und spürte Elias' Hand in ihrem Nacken. »Ich liebe dich wirklich«, sagte er zärtlich. »Auch wenn wir uns eigentlich noch gar nicht richtig kennen ... Es ist einfach so.«

Und im nächsten Moment küsste er sie. Er küsste sie mit seinen Lippen, mit seiner Zunge und mit allem, was er war. Und Marla küsste ihn wieder. Sie hörte auf zu denken. Die Welt schien sich aufzulösen, und übrig blieben nur noch sie und Elias.

Gegen zwei Uhr mittags wechselten sie bei Utrecht auf die E 25 in Richtung Eindhoven. Marlas Handy meldete den Eingang einer SMS.

es ist mittag. bist du okay? karen

Du lieber Himmel, die hatte Marla ja völlig vergessen.

ja, es ist alles in ordnung

schrieb sie zurück. Kurz darauf spielte das Handy die Salsa-Tonfolge.

»Was war denn los?«, fragte Karen.

»Das erzähl ich dir später«, erwiderte Marla. »Im Moment bin ich in Holland. Mit Elias.«

»Oh«, sagte Karen. »Ja, dann ...« Sie lachte. »Bis später. Melde dich, ja???«

»Tschüs«, sagte Marla. Sie kappte die Verbindung und schob das Handy in ihre Jackentasche.

»Ein reines Wunder, dass du das Teil so schnell wiederbekommen hast«, sagte Elias.

Marla nickte. Dieser Umstand war nicht das einzige Wunder an diesem Tag. Sie lehnte sich gegen Elias' Schulter, schloss die Augen und wurde erst wieder wach, als der Motor aufhörte zu brummen.

»Sind wir schon da?«, fragte sie erstaunt und reckte sich.

»Ja, *schon«*, erwiderte Elias und grinste. »Und wie es aussieht, hast du sogar *schon* Besuch. *Obwohl* es erst kurz vor fünf ist.«

»Was?« Marla drehte den Kopf in Richtung Hauseingang. Sie sah eine Reisetasche und einen Rucksack auf dem Bürgersteig und ein Paar Beine auf dem Vorsprung, die eindeutig Rike gehörten. Auf der anderen Seite des Hauseingangs lehnte ihr Vater.

»Ach du meine Güte«, sagte Marla.

»Ich habe Rike von unterwegs aus angerufen«, meinte Elias. »Sie weiß Bescheid.«

Marla öffnete die Tür und stieg aus. Bernhard Hofner blickte ihr entgegen. Er sagte etwas, und Rike rannte los. »Da bist du ja endlich!«, rief sie. Lachend kam sie auf Marla zu, warf ihr die Arme um den Hals und küsste ihr das Gesicht ab.

»Ja, da bin ich!« Marla drückte die Freundin an sich.

»Mann«, murmelte Rike in ihre Locken. »Ich bin so unendlich erleichtert und froh und überhaupt …« Sie ließ Marla los und boxte Elias sanft in den Bauch. »Danke, dass du sie gerettet hast«, sagte sie leise.

»Schsch«, zischelte Marla. »Mein Vater …«

»Oh, der dachte, du bist krank«, meinte Rike etwas lauter.

Bernhard Hofner stand noch immer neben der Haustür und musterte seine Tochter kritisch. Marla erwiderte seinen Blick und ging auf ihn zu.

»Hallo, Pa«, sagte sie. »Schön, dass du da bist.«

»Ich war in der Mittagspause schon im Reisebüro, und da erklärte mir Herr Weinrich, dass du dich krankgemeldet hast.«

»Und jetzt denkst du wohl, dass ich blaugemacht habe, was?«

Ihr Vater zuckte die Schultern. »Was soll ich denn sonst denken?«

Marla nickte. »Ich hab aber nicht blaugemacht«, sagte sie. »Es war ein Notfall.«

Bernhard Hofner nickte zu Elias hin. »Nennt man das heutzutage so?«

Marla kramte ihren Schlüssel aus der Umhängetasche und schob ihn ins Haustürschloss. Sie lächelte ihren Vater offen an. »Willst du nicht einfach mit reinkommen und dir mein neues Leben anschauen?«